世界著名作家短篇小说精选系列

海明威短篇小说精选

[美] 海明威 著　张炽恒 译

群众出版社
·北京·

图书在版编目（CIP）数据

海明威短篇小说精选 /（美）海明威著；张炽恒译 . —北京：群众出版社，2016. 5

（世界著名作家短篇小说精选系列）

ISBN 978 - 7 - 5014 - 5523 - 2

Ⅰ. ①海… Ⅱ. ①海…②张… Ⅲ. ①短篇小说—小说集—美国—近代 Ⅳ. ①I712. 45

中国版本图书馆 CIP 数据核字（2016）第 074682 号

海明威短篇小说精选

厄内斯特 · 海明威 著 张炽恒 译

出版发行：群众出版社
地　　址：北京市丰台区方庄芳星园三区 15 号楼
邮政编码：100078
经　　销：新华书店
印　　刷：北京通天印刷有限责任公司

版　　次：2016 年 6 月第 1 版
印　　次：2016 年 6 月第 1 次
印　　张：6. 125
开　　本：880 毫米 × 1230 毫米 1/32
字　　数：125 千字

书　　号：ISBN 978 - 7 - 5014 - 5523 - 2
定　　价：29. 00 元

网　　址：www. qzcbs. com
电子邮箱：qzcbs@ sohu. com

营销中心电话：010 - 83903254
读者服务部电话（门市）：010 - 83903257
警官读者俱乐部电话（网购、邮购）：010 - 83903253
文艺分社电话：010 - 83901330　　010 - 83903973

本社图书出现印装质量问题，由本社负责退换

传奇式的大师：硬汉与温情

张炽恒

相信至少有一部分读者知道海明威。

因为他是个大作家。有一种说法：厄内斯特·海明威（1899—1961）是二十世纪美国三位最伟大的作家之一。另外两位是威廉·福克纳和弗朗西斯·斯科特·菲兹杰拉德。

还因为他是个传奇式的人物：他喜欢去非洲狩猎；他在第一次世界大战中担任红十字会救护车司机，以战地记者的身份参加了第二次世界大战和西班牙内战，有时还亲自参加战斗；他的外表给人硬朗的印象，但他年轻时在精神上属于“迷惘的一代”，晚年在身体上遭受着多种病痛，最后不堪折磨而饮弹自尽。

还有，他创作了多部长篇小说，其中最著名的有《丧钟为谁而鸣》《太阳照样升起》《永别了，武器》……最后却因为一部中篇小说而荣获诺贝尔文学奖。

它就是《老人与海》①。

这部小说自身也是一个传奇。它的主人公桑地亚哥的原型格雷戈里奥·富恩特斯是海明威的救命恩人，后成为海明威的挚友，2002年以104岁的高龄去世。它是海明威生前发表的最后一部小说，1952年出版，1953年获普利策奖，1954年获诺贝尔文学奖，1958年拍成电影，1986年作为法国《读书》杂志推荐的理想藏书之一，48小时内售出530万本，销量排名第一。

可以想象，这样一部小说的评介文章多如牛毛，在互联网上你可以搜索到许多。因此，在于我，确实没有必要再重复别人的话；在于你，我的建议是，你先自己把这部小说读完，在心里面或者纸上归纳出你自己的感觉、印象、发现和想法，然后再适当看一下别人的评论。

很可能别人的评论中有不少你没想到的高明见解，也可能你有些见解是别人没想到的，更可能你和别人有许多共同的见解。不管怎样，有自己的想法很重要，因为无论高明与否，那是你自己的。你自己读，自己想，然后再去了解别人的想法，这样一个读书方法既可以使你的视野和思路得到拓展，又不至于让自己的大脑变成一个存储故事、知识和他人见解的电脑硬盘。

---

① 这是海明威最著名的一部中篇小说，经译者推荐，我们特意将其收入本书，以飨读者。——编者注

这个故事不长却容量很大，不过并不复杂，所以我不应该在这儿介绍故事情节，正如我不应该在你看一部好电影之前透露剧情一样。

我应该做的一件事情是，说一说读这部小说时应该注意的地方。

一是要有耐心，慢慢地、细细地读，不要迫不及待地只想知道下面的情节。海明威的行文是很简洁的，基本上没有多余的叙述。如果你细细地读，那等于是你在自己的脑子里放一部精彩的电影，当然，你用你的想象参与了它的放映。否则，你得到的只会是一个干巴巴的故事梗概。我保证故事里面没有费解的地方。如果你以前读的翻译小说中有不少费解的地方，很可能是因为译者没有弄懂作者的意思，或者没能表达清楚作者的意思，而并不是作者故作深奥、故弄玄虚。当然，有些地方是需要稍稍停顿一下，稍微想一想才会明白的。

二是要适当地看注释，看注释不但解惑，而且能增长知识。这部小说我翻译时作的注比较多。海明威喜欢狩猎、看斗牛，也喜欢捕鱼，他曾经在 1941 年将自己的游艇改装成巡逻艇，侦察德国潜艇的行动，为盟军提供情报。所以海明威本人懂得航海和捕鱼，因此他在这部以大海为背景的小说里使用了不少术语。看一下注释不但会增长知识，也是很有趣味的。

我建议你这样细读一遍后，过几天再比较酣畅地读一遍。

另外我想说，我非常喜欢小说中那个男孩儿，也非常喜欢小说中大海上的日出与日落、白昼与黑夜、云彩和风。

我翻译这部小说也是很有耐心、很细致的。我甚至会为了译得更准，为了译出原文中的精妙之处，在一个地方停留一个小时，反复斟酌。譬如“skiff”这个词，译作“小船”或“渔船”我都不甘心，因为作者用了这个词而没有用“boat”、“fisher”或“trawler”等，总是有原因的。最后我选择译成“小帆船”并加注。这样你读了才会在脑子里有个生动具体的形象。再如小说中有这样一句话：He（鱼）is much fish still，我看到后立刻感觉到一震。早年我曾读过别人翻译的《老人与海》，而且是细读，但不记得有这一句话。于是我花了些时间把藏书翻出来看，发现那个译本翻译错了。我把它译成“这鱼儿依旧汉子得很”。这句话相当于说一个人：He（人）is much man still。

现在我要特别作一些说明。

一是我将原文中的“the old man”译作“老头儿”而不是“老人”。首先，译作“老人”比较呆板。这篇小说总体上是略显沉闷的，甚至显得有些冷。但其实，正如一个外表刚毅的男人心底里藏着温情甚至忧伤一样，这篇小说自有其温情的一面。作者安排男孩儿马诺林这样一个角色，正是他企图赋予小说以温情的一个证据。此外，小说中有多处感伤心理的描述。我一直对简单地将《老人与海》归纳为“硬汉小说”不以为然。对这样一篇小说的主人公，通篇以“老人”来称呼，好像是呆了一些。再者，如果真正将原文读进去，便会感觉到作者叙述小说中三个主人公时带有一种掩饰着的亲切，所以我把他们相应地译作“老头儿”、“男孩儿”和“鱼儿”。另外，小说中有多处老头儿的自言自语，有时他称呼自己“old man”，总不能让他称呼自己“老人”吧？因此我只将开篇第一句的“an old man”译作“一位老人”（这里是交代，不是称呼），其余统一译作“老头儿”。

二是我没有将原文中称呼动物的“he”译作“他”。我曾这样试过，但译了不到三分之一后，发觉实在难以为继。中英文表达有差别，读起来总是觉得不畅，此其一。容易引起指称的混淆，从整体上、语气上都很难处理好，此其二。只得作罢。老人视天地万物为兄弟姊妹，用“he”来称呼，是因为老人的年老和孤独，也是因为他的生活一直与大海和天空为一体，更因为他是个特别倔强的老头儿。与其说他是个硬汉，不如说他是个很特别、很倔强的老头儿。我个人觉得，小说中天性、灵性、个性与情味儿远重于“硬”味儿。

一部真正的好小说，不但故事好，而且叙述得好，文字好，独到。《老人与海》是海明威最好的一部小说。我尽力译得准，译得恰到好处，希望做到换一字或加一字或减一字都会有所逊色。开个玩笑，如果有人想从这个译本“翻译”出一个新的译本来，那就必须进行改头换面，那就肯定会大有损失。

希望你读了这个译本以后不会觉得失望。

这个译本最初只含三篇小说，另两篇是《乞力马扎罗的雪》和《白象似的群山》，以《老人与海》为书名。在海明威中短篇小说的名篇中，这三篇是公认的最佳作品。最初的译本完成于2013年年底，但至今已出版了九个版本，在此过程中，陆陆续续应几家出版社要求，数次增译，最后增加到九篇。其实，有一家出版社曾要求我增译到十五篇，但在建议篇目中，除了目前此译本中所选的九篇外，我没有找到自己觉得特别好的篇目，所以婉拒了。

此译本中所选另外六篇，虽然都很短，却每一篇皆富有张力和韵味，可以说是题材各异，各有千秋。这些篇目的翻译，虽然较之于《老人与海》和《乞力马扎罗的雪》轻松些，却也是每一篇皆遇到过需要仔细斟酌之处。我慎重对待每一处，决不以似是而非的译文来敷衍，而是尽力翻译准，译得恰到好处，希望做到换一字或加一字或减一字都会有所逊色。

我本人很满意目前这个译本篇目的选择，其中的每一篇我都觉得是佳作，因此，我愿意翻译，肯下功夫去译，而且在翻译的时候能够进入“状态”。文学翻译是一个在原著限定下的艺术再创造过程，不是一件机器或者匠人能够做好的事；知识面、才能和责任心三者任缺其一，都做不好。任何一件事，只有你在能做而且特别喜欢做的情况下，才能做得比较完美。

希望你读了这个译本以后不会觉得失望。

2015年11月23日于上海滴水湖

目　录

老人与海

献给查理·施里纳和马克斯·柏金斯

他是个独自驾一只小帆船①在湾流②上捕鱼的老人。到今天为止，老头儿已经接连下海八十四天，一条鱼也没捕到。前四十天里，有个男孩儿陪着他。可四十天一无所获之后，孩子

① 这是一种尖头方尾平底的小船，挂三角帆。
② 即墨西哥湾流，世界第一大海洋暖流。岛国古巴位于墨西哥湾的口子上。

的爹妈对他说：这一阵子老头儿肯定是兜底交上倒灶运①了。那是坏运气里面最厉害的一种。遵父母之命，孩子上了另一条船，第一个礼拜他们就捕到了三条好鱼。看见老头儿每天回来时小帆船里空荡荡的，男孩儿心里面很难受。他总是下去帮老头儿拿东西，或者是钓索卷儿，或者是钩鱼竿②、鱼叉和卷裹在桅杆上的帆。那面帆用面粉口袋片打了补丁，卷起来时仿佛一面象征永远失败的旗。

老头儿身形单薄瘦削，脖梗子上皱纹很深。从他的腮帮子上一溜顺着颊边往下，长着些褐色的疙瘩，那是被太阳在热带海面上的反光晒出来的良性皮肤瘤。他那双手则因为同大鱼较量，被钓索勒出了深深的伤痕。不过没有一道伤疤是新的。它们已年深日久，如同无鱼的荒漠中岁月侵蚀所形成的地貌。

他身体的每个部分都老了，除了眼睛。它们同海水一样的蓝，带着欢快的、未曾被击败过的神采。

“桑地亚哥，”小帆船被拖到了岸边，他们往上爬时，男孩儿说道，“我又可以和你一起出海啦。我们家已经挣到了一点儿钱。”

老头儿教会了孩子捕鱼，男孩儿很爱他。

“不要，”老头儿说，“你上了一条好运气的船。待着吧。”

“可是你记得吗，你曾经八十七天没逮到一条鱼，接下来三个礼拜我们却天天捕到大鱼。”

“我记得，”老头儿说，“我知道，你不是因为动摇了才离

---

① 原文“salao”为西班牙文，意为咸的、苦的、倒霉的。

② 这种渔具一端带有大铁钩，用来扎住钓到的大鱼，将其拖上船。

开我的。”

“是爹爹赶我离开你的。我是个孩子，得听他的话。”

“我知道，”老头儿说，“这很正常。”

“他不怎么有信心。”

“是，”老头儿说，“可我们有，是不？”

“是的，”男孩儿说，“先去台子廊屋①，我给你买杯啤酒，然后再把东西拿回家，好吗？”

“我就不客气了，”老头儿说，“打鱼人酒不分家嘛。”

他们走进台子廊屋，坐了下来。不少渔夫拿老头儿打趣，他并不生气。还有些渔夫，那些上了年纪的，眼睛看着他，心里为他难受。但他们并没有表露出来，只斯斯文文地聊湾流，聊他们把钓索漂下去有多深，聊持续不变的好天气，和最近经历的事情。当天有收获的渔夫们都已经返回，各自将马林鱼剖开，满满地平摊在两块木板上。每块木板的两端各有两个人扛着，摇摇晃晃地抬到收购站去，在那儿等冰柜货车将它们运往哈瓦那的市场。而捕到鲨鱼的人已将所获送进小海湾另一侧的鲨鱼加工厂，那儿的人把鲨鱼吊在滑车上，取出肝，割下翅子，剥去皮，将鲨鱼的肉先切成条，然后再腌制。

刮东风的日子里，港湾另一侧的鲨鱼加工厂会飘过来一股子味儿。但今天只有淡淡的一丝气味，因为风转而向北刮去，且又渐渐平息了。台子廊屋里阳光明媚，令人怡悦。

---

① 据考，这家馆子应是位于临海的台地上，形状类似于廊屋，供应啤酒、咖啡和吃食，客人主要是渔夫和游客。

"桑地亚哥。"男孩儿说。

"嗳。"老头儿应道。他正握着酒杯，回想多年前的事。

"我去给你弄点儿明天用的沙丁鱼来好吗？"

"不用了。你去玩儿棒球吧。我仍然有力气划船，罗杰里奥会帮我撒网的。"

"我想去。我不能和你一起捕鱼，就让我帮你做点儿事吧。"

"你已经给我买了一杯啤酒，"老头儿说，"你是个男子汉啦。"

"你第一回带我上船，我多大？"

"五岁。那天我拖上船的鱼太生猛了，它几乎把船折腾成碎片，害你差点儿丢了小命。还记得吗？"

"我记得鱼尾巴啪嗒啪嗒地拍打，横座板也被拍断了，还有棍子打鱼的声音。我记得我被你扔到船头，待在湿漉漉的钓索卷儿旁边，感觉到整个船在颤抖。你用棍子揍它的声音就像砍倒一棵树，甜丝丝的血腥味儿罩住了我全身。"

"你是真记得，还是因为我跟你说过才知道的？"

"从我们第一次一起下海起，每一件事我都记得。"

老头儿用他那双久经太阳灼晒的眼睛看着他，目光里深信不疑，充满了爱。

"假如你是我自个儿的小子，我会带你出海去赌赌运气的，"他说，"但你是你爹你妈的，而且你上了一条好运气的船。"

"我去弄沙丁鱼好吗？我还知道去哪儿弄四条鱼饵。"

"我自己有，今天剩下的。我给它们抹了盐，放在盒子里。"

“还是让我去弄四条新鲜的来吧。”

“一条。”老头儿说。希望和信心从未在他心中消失过，此刻更是焕然一新，如同乍起的微风。

“两条吧。”男孩儿说。

“就两条，”老头儿同意了，“不是偷来的吧?”

“就算去偷我也愿意，”男孩儿说，“但那是我买来的。”

“谢谢你。”老头儿说。他心地单纯，不会去琢磨自己怎么就到了谦卑的程度。但他知道自己到了谦卑的程度，而且知道这并不丢人，不会给真正的自尊心造成任何伤损。

“看这湾流，明儿会是个好天。”他说。

“明天你去哪儿?”男孩儿问。

“去远海，风向转了再顺风回来。天亮前我就出港。”

“我想法子叫他也跑远些，”男孩儿说，“那样你如果钓到真正的大鱼，我们就可以过去帮你了。”

“他不肯跑太远的。”

“是的，”男孩儿说，“可我会看到他看不见的东西，比如一只追鱼群的鸟儿，那我就可以叫他跟着鲯鳅往外跑了。”

“他的眼睛已经那么不好使?”

“差不多成瞎子了。”

“奇怪，”老头儿说，“他又从来不曾捕过海龟。那才是伤眼睛的活儿呢①。”

---

① 伤害龟类会伤眼睛，因为龟具灵性。似乎不仅西方人有这种迷信或“神秘的观念”，译者小时候也听到过老人们类似的说法。

"可是你去蚊子海岸①捕海龟好多年，眼睛还是好好的。"

"我是个怪老头儿。"

"可你如今还有足够的力气对付一条真正的大鱼吗?"

"还行吧。我还有不少窍门可以用呢。"

"我们把东西拿回家吧，"男孩儿说，"然后我要拿手撒网②去捉沙丁鱼。"

他们从小船上拿起渔具。老头儿将桅杆扛在肩上，男孩儿抱起木箱，里面装有一卷一卷编得很结实的钓索，又拿了钩鱼竿和带柄的鱼叉。装鱼饵的盒子放在小帆船的船尾板下面，盒子旁边那根棍子是用来制服被拖到船边的大鱼的。没人会偷老头儿的东西，但还是把船帆和粗钓索拿回家的好，因为让它们淋露水是有害处的。再说，老头儿虽然拿得准当地人绝不会对他下手，他还是认为，没必要把一根钩鱼竿和一柄鱼叉留在船上，诱惑别人。

他们顺着道儿一同走到老头儿的棚屋跟前，进了敞开的门。老头儿将裹着船帆的桅杆靠放在墙上，男孩儿把箱子和其他渔具放在它旁边。桅杆差不多跟这座单间的棚屋一样长。屋子是用大椰子树的坚韧的苞壳造起来的，那玩意儿叫作"海鸟粪"。屋里面有一张床、一张桌子、一把椅子，还有泥地上一块用木炭做饭的地方。墙壁是拿纤维很结实的"海鸟粪"苞壳片压平了，交叠着镶砌成的。墙上有一幅彩色的《耶稣

① 加勒比海位于洪都拉斯和尼加拉瓜之间的近海水域。

② 小型网具，使用时人站在岸边或船上，撒下去即捞。

圣心图》，还有一帧《科布雷圣母像》。这些画儿是他妻子的遗物。从前墙上还挂着一张他妻子的着色照片①，但被他取下来了，因为他看在眼里，心里面就凄凉得受不了。如今它被放在墙角的搁板上，用一件干净衬衫罩着。

“你有啥吃的吗？”男孩儿问。

“一盆子鱼拌黄米饭。你也吃一点儿吧？”

“不了。我回家去吃。我帮你生火好吗？”

“不用啦。待会儿我自己生。吃冷饭也不要紧的。”

“那我把手撒网拿走啦？”

“好的。”

手撒网并不存在。手撒网是什么时候卖掉的，男孩儿记得很清楚。但他们照常每天将这套子虚乌有的把戏演一遍。一盆子鱼拌黄米饭同样是虚构的，这个男孩儿也心知肚明。

“八十五是个吉利数字，”老头儿说，“你想看见我逮一条去掉下水有一千多磅重的鱼回来吗？”

“我拿手撒网去捞沙丁鱼。你坐在门口晒晒太阳好吗？”

“好的。我有昨天的报纸，我想读一读棒球赛的消息。”

男孩儿不知道“昨天的报纸”是否也属子虚乌有。但老头儿从床底下把它拿了出来。

“是佩德里科在酒店里给我的。”他解释道。

“我捞好沙丁鱼就回来。我会把我们俩的一起用冰镇着，明天早上再分。等我回来，你给我说说棒球赛的消息。”

---

① 所谓着色照片，与后来才有的彩色照片不同，是将黑白照片上色制成的。

“扬基队①不可能输的。”

“可我担心克利夫兰印第安人队会赢。”

“要对扬基队有信心，我的孩子。想一想大将迪马吉奥②吧。”

“我担心克利夫兰印第安人队，也担心底特律老虎队。”

“慎着点儿，不然连辛辛那提红人队和芝加哥白色萨克斯队你也要担心啦。”

“你下点儿功夫，等我回来讲给我听。”

“你觉得我们该不该买一注尾号 85 的彩票？明儿可是第八十五天了。”

“可以买，”男孩儿说，“可你的了不起的记录是 87，就买 87 好吗？”

“不会两次都是 87 的。你估摸着你能弄到一张尾号 85 的吗？”

“我去预订一张。”

“一张。那就是两块五哟。这笔钱我们向谁去借呢？”

“这不难办。两块五我随时都借得到的。”

“估摸着我也能借到。但我是尽量不借债的。开了借债的头，讨饭日子在后头。”

“穿暖和点儿，老爹，”男孩儿说，“现在可是九月份了。”

---

①“扬基”在美国是“北方佬”的意思，在英国是“美国佬”的意思。

② 乔·迪马吉奥，美国著名棒球运动员，出生在旧金山一个渔民家庭，1936 年至 1951 年效力于纽约扬基队，退役后与玛丽莲·梦露有过一段短暂的婚姻，终生爱恋她。

“正是来大鱼鱼汛的月份，”老头儿说，“换了五月份，全是好渔人。”

“我这就去捞沙丁鱼。”男孩儿说。

男孩儿回来的时候，老头儿已经在椅子里睡着了。太阳下了山。男孩儿从床上拿来旧军毯铺在椅子背上，盖住老头儿的肩膀。真是很奇怪的肩膀，虽然老了，却依然强健。老头儿的脖子同样很壮实，而且他睡着时脑袋向前耷拉着，脖梗上的皱褶就不怎么显得出来了。他的衬衫补过许多回，弄得就跟那面船帆似的。那些补丁被太阳晒得褪了色，一块一块深浅不一。老头儿的脑袋很苍老了，眼睛闭上时，脸上便了无生气。报纸摊放在他膝头，被他的一只胳膊压住，在晚风中才没被吹走。他赤着脚。

男孩儿撇下他离开了。回来的时候，老头儿依然睡着。

“醒醒，老爹。”男孩儿说，将手放在老头儿的一只膝盖上。

老头儿睁开了眼睛，有一会儿，他仿佛是从很远的地方回来似的。然后他露出了笑容。

“你弄到什么了？”他问。

“晚饭，”男孩儿说，“我们该吃晚饭了。”

“我还不是很饿。”

“快吃吧。你不能光打鱼不吃饭呀。”

“我曾经这样干过。”老头儿边说边起身，拿起报纸折好。然后他开始叠毯子。

“把毯子裹在身上吧，”男孩儿说，“只要我活着，就不会让你饿着肚子去打鱼。”

“那你得长命百岁，好好保重自己，”老头儿说，“我们吃什么？”

“黑豆米饭、煎香蕉，还有点儿炖菜。”

饭菜装在双层金属盒里，是男孩儿从台子廊屋拿来的。两副刀叉和汤匙各用一张餐巾纸包着，装在他的口袋里。

“这是谁给的？”

“店主马丁。”

“我得跟他说声谢谢。”

“我已经说过了，”男孩儿说，“你不必再去啦。”

“我要把一条大鱼的肚子肉送给他，”老头儿说，“他这样帮我们不止一回了吧？”

“没错。”

“那除了鱼肚子肉以外，我还要另外送他一点儿东西。他对我们是非常体贴的。”

“他送了两瓶啤酒。”

“我最喜欢罐装啤酒。”

“我知道。可这是瓶装的，‘哈土依’牌啤酒①，喝完我把瓶子送回去。”

“劳烦你了，”老头儿说，“我们开吃吧？”

---

① 哈土依是十六世纪初印第安人泰诺族酋长，反抗西班牙殖民的“古巴首位国家英雄”。著名的“哈土依”牌啤酒以他的名字命名，是一种淡啤酒。

“我早问过你啦，一直在等着呢，”男孩儿轻声款语地说，“我想等你准备好了，再打开饭盒。”

“现在我准备好了，”老头儿说，“刚才去洗手耽误了点儿时间。”

男孩儿心里面说：你去哪儿洗的呢？村子里的供水处在前面路边，跟这儿隔两条街呢。他心想，我该给他捎点儿水来的，外带一块肥皂、一条像样的毛巾。我为什么这样粗心呢？我得再给他弄一件衬衫，准备一件过冬的外套，搞一双什么鞋子，还要加一条毯子。

“炖菜味道好极了。”老头儿说。

“给我说说棒球赛吧。”男孩儿请求道。

“我说过的，美国联赛就数扬基队了。”老头儿快活地说。

“今天他们输了。”男孩儿告诉他说。

“这算不上什么。大将迪马吉奥重振雄风了。”

“他们队里还有别的队员呢。”

“那是自然。可他是关键人物。要说别的组，在布鲁克林队和费城队中间，我本该选布鲁克林队的。可转念一想，我又想到了迪克·西斯勒，想起他在老公园击打出的那几个了不起的好球。”

“那几球可真是没得比。我从没见过谁击打出那么远的球。”

“你还记得他常来台子廊屋那些日子吗？我曾经想带他出海捕鱼，可我太腼腆了，没敢开口。我叫你去请他，你也不敢。”

"我知道。真是错过了大好机会哟。兴许本来他有可能跟我们去的。那样我们就一辈子有得咂摸了。"

"我想带大将迪马吉奥出海捕鱼，"老头儿说，"听说他爹也是个渔夫。兴许他曾经跟我们一样是穷人，能理解我们的心意。"

"大将西斯勒他爹可绝不是穷人，他在我这个年纪，我说的是老西斯勒，就已经在大联赛上打球了。"

"我在你这个年纪，已经站在开往非洲的一条横帆船的桅杆前面了。我看见过黄昏时沙滩上的狮子。"

"我知道。你跟我说过的。"

"我们聊非洲呢还是聊棒球赛?"

"还是聊棒球赛吧，"男孩儿说，"给我说说大将约翰·J.麦克格劳。"他把"J"念成了"乔塔"。

"早年有段时间他也常来台子廊屋。但他一杯酒下去，人就变得粗野，说话很难听，不好相处。他的心思用在赛马上不比用在棒球上少。至少他是整天把赛马名册揣在口袋里的，他经常在电话里提到赛马的名字。"

"他是个大经理，"男孩儿说，"我爹认为他是最大的。"

"那是因为他来这儿的次数最多，"老头儿说，"假如杜罗歇接连好几年每年来这儿，你爹也会认为他是最大的经理。"

"那说真格儿的，谁是最大的经理呢，卢克还是迈克·冈萨雷斯?"

"我觉得他们分不出高低。"

"最好的渔夫是你。"

“不。我知道还有比我强的。”

“QueVa①,”男孩儿说，“好渔夫有很多，很棒的也有那么几个，可最好的只有你一个。”

“谢谢你。你说得我很开心。希望别来一条太大的鱼，把我们俩给否了。②”

“没那样的鱼的，只要你的力气还像你说的那么大。”

“我的力气兴许已经没我想的那么大了，”老头儿说，“但我知道许多窍门，而且我有决心。”

“现在你该上床睡觉了，睡足了明天早晨才有精神。我把东西送回台子廊屋去。”

“那就晚安吧。明天早晨我叫醒你。”

“你是我的闹钟。”男孩儿说。

“我的闹钟是岁数，”老头儿说，“老年人为什么醒那么早？为了过上更长的一天吗？”

“我不知道，”男孩儿说，“我只知道小孩子睡懒觉，睡得沉。”

“我不会忘的，”老头儿说，“我会及时叫醒你。”

“我不喜欢他来叫醒我，就好像我不如他似的。”

“我知道。”

“好梦，老爹。”

---

① 西班牙语：不可能。

② 这里语出双关，意思是证明孩子说得不对，同时证明老人不是最好的渔夫。

男孩儿走了。刚才他们吃饭时，桌上也没个灯，这时老头儿摸黑脱掉裤子，上了床。他把裤子卷起来，将那张报纸塞在中间，做成个枕头。他将毯子裹在身上，在铺着另外一些旧报纸的钢丝弹簧床上睡了下来。

一会儿他就睡着了。他梦见了自己还是个男孩儿时见到的非洲，绵长的金色海滩和白色海滩，白得耀眼，还有高高的海岬和巨大的褐色山峦。如今每天夜里他都生活在那一带的海岸边，在梦里听见海浪的轰鸣，看见土著的船从浪涛间驰骋而来。他睡着时能嗅到甲板上柏油和填絮的气味①，还有清晨陆地上吹来的风所挟带的非洲的气息。

通常他嗅到陆地上吹来的风就会醒来，穿上衣服，去把男孩儿唤醒。不过今夜陆地风的气息来得特别早，他在梦里知道时间还早，就继续把梦做下去。他见到岛屿的白色峰峦从大海上升起，接着又梦见了加那利群岛②的各个港口和泊锚处。

他的梦里不再有暴风雨，不再有女人，不再有大事件，不再有大鱼，不再有打斗和角力，也不再有他的老婆。如今他只梦见一些远方的所在，还有海滩上的狮子。它们像小猫一样在薄暮中嬉戏，他爱它们，如同爱男孩儿一样。他从来不曾梦见过男孩儿。他就那样醒了，透过敞开的门望着月亮，将裤子摊开来，穿上。他走到棚屋外面撒了一泡尿，然后就顺着道儿走

---

① 以前西方人的木船是用柏油加上棉或麻的废料填塞板缝防漏的，太阳一晒，就会散发出气味。

② 西班牙飞地（即远离本土的属地）和自由港，位于非洲西北部的大西洋上。

去叫醒男孩儿。在凌晨的寒气中他直打哆嗦。不过他知道，打打哆嗦会暖和起来，而且没多久他就要划着船儿出海了。

男孩儿家的门没上锁，他轻轻地推开门，赤着脚悄悄走了进去。男孩儿熟睡在前屋里的一张帆布床上。月亮正在淡出天幕，借着透进屋子的月光，老头儿能清楚地看见他。老头儿轻轻拿起男孩儿的一只脚，握在手里，男孩儿被弄醒后转过脸来望着他。老头儿点点头，男孩儿从床边的椅子上拿起裤子，坐在床沿上，将裤子穿上。

老头儿走出屋门，男孩儿跟着出来了。他一副没睡醒的样子，老头儿搂着他的肩膀，说道："抱歉。"

"QuaVa①，"男孩儿说，"男子汉就该这样子。"

他们顺着道儿走向老头儿的棚屋，一路上看见赤脚扛着桅杆的人影在黑暗中往来。

走进老头儿的棚屋后，男孩儿拿起筐子里的钓索卷儿，又拿上了鱼叉和钩鱼竿。老头儿拿起裹着船帆的桅杆，扛在肩上。

"去喝杯咖啡？"男孩儿问。

"先把东西放到船上，再去喝一杯。"

在一处大清早专门为渔夫服务的早点摊位上，他们用炼乳罐头瓶喝着咖啡。

"昨晚你睡得好吗，老爹？"男孩儿问。虽然此刻摆脱睡意依然很辛苦，但他已经清醒过来。

---

① 西班牙语：没什么。

“挺好的，马诺林，”老头儿说，“今天我感觉挺有信心。”

“我也是，”男孩儿说，“我要去拿你我的沙丁鱼了，还有你的新鲜鱼饵。我们船上的东西都是他自己拿的。他从来不要别人拿。”

“我们就不一样，”老头儿说，“你五岁的时候我就让你拿东西了。”

“我知道，”男孩儿说，“我马上就回来。你再喝一杯。我们在这儿挂账的。”

他走了，赤脚踩着珊瑚石，向存放鱼饵的冷藏室走去。

老头儿慢慢喝着咖啡。这是他一整天的饮食，他知道应该把它喝下去。已经有很长一段时间他对吃饭感到厌烦，出海从来不带午餐。他在小帆船的船头下面放了一瓶水，那就是他一天的全部需要了。

男孩儿拿着沙丁鱼和包在报纸里的两条鱼饵回来了。他们脚底下踩着嵌有鹅卵石的沙子路面，沿小径向小帆船走去。他们抬起船，让它滑下了水。

“好运，老爹。”

“好运。”老头儿说。他将船桨上的绳结扣在桨脚架上，身体前倾以对抗桨片在水中遇到的反推力，在黑暗中开始把船划出港口。别处海滩上也有船在出海，老头儿听见它们的船桨入水和划动的声音，不过他看不见它们，这时候月亮已经沉到山峦后面去了。

不时会有一条船里面传来人声。但大多数的船除了桨声以外，全然静默不语。它们出了港口之后便分散开来，各自向希望能找到鱼的海域驶去。老头儿知道自己在划向远海，他已将陆地的气息抛在身后，驶进了黎明时分海洋的清新气息之中。有一片海域被渔夫们叫作“大深井”，因为那里突然陷下去，形成了一个深达七百英寻①的深渊。湾流撞到海底峭壁上弹回来搅起旋涡，旋引来各种鱼儿麇集于此。老头儿划着小船经过的时候，看见了水里面马尾藻发出的磷光。在那片海域的深不可测的巢穴里，聚集着一片一片的虾和一群群可用作鱼饵的小鱼，有时还有成群的乌贼。它们在夜间上浮到靠近海面的地方来，成为所有游荡过来的鱼儿的食物。

在黑暗中老头儿感觉到早晨正在来临。他边摇着桨，边听着飞鱼出水时的颤声，还有它们在黑暗中腾空远去时直挺挺的翅子所发出的嗞嗞声。他非常喜爱飞鱼，它们是他在海洋上最主要的朋友。他为鸟儿们感到难过，特别是纤弱的黑色小燕鸥，它们永远在飞翔和寻觅，却极难得寻觅到食物。他心想，鸟儿们的生活比我们还要艰难，除非是强盗鸟②和那些个儿大力气大的家伙。既然听任海洋有时候那么残暴，为何又把鸟儿，比如那些海燕，造得如此柔弱纤美？海洋是仁慈的，且十分美丽。然而它可以一下子变得残暴，并且来得很突然。但这些飞翔的鸟儿，不断扎下来猎食的鸟儿，声音那么细微和凄惨，它们却被造得如此柔弱，根本就不是海洋的对手。

---

① 英寻为海洋长度单位，一英寻等于 1.8288 米。
② 强健的大型海鸟，喜欢抢劫其他海鸟辛苦得来的食物。

他在心里面总是用“lamar”① 来称呼大海，这是人们爱它时对它的西班牙语称呼。有时候爱它的人也会说它的坏话，但在他们的口中，它仿佛始终是个女人。有些年轻渔夫，靠鲨鱼肝赚了很多钱，用浮标做钓索的浮子，还买了汽艇，他们称呼它“elmar”，那是一个阳性的词儿。在他们口中，它是个竞争对手，是一块地方，甚至是敌人。但在老头儿心目中，它始终是女性，有时给人莫大的恩惠，有时则扣住不给。假如它做了什么狂暴或恶劣的事情，那是因为它不能自制。他心想，月亮影响了它，就像影响女人一样。

他稳稳地划着船。这对他来说不算什么事，因为他保持着一定的速度，而且海面上风平浪静，只除了湾流上偶尔出现几个旋涡。他在让湾流帮他干三分之一的活儿。天开始泛亮的时候，他发现自己已经来到了很远的地方，大大超出了他对这个时辰的期望。

我在大深井上面干了一个礼拜却一无所获，他心想，今天我要摸索到鲣鱼和长鳍金枪鱼鱼群的所在，说不定会有个大家伙跟它们在一起呢。天还没有大亮，他已经将鱼饵放了出去，听任船儿顺着湾流往前漂。第一只鱼饵放下去四十英寻深，第二只放下去七十五英寻，第三、第四只分别下到了一百英寻和一百二十五英寻的蓝水区②。每只鱼饵都头朝下悬着，钓钩的

---

① 西班牙语，阴性名词“海洋”。

② 蓝水区又称为深水区，通常指大海中水深超过三十米的区域，不超过三十米的称作绿水区或浅水区。其实这里描述的四只鱼饵都到达了蓝水区。

钩身藏在作鱼饵用的鱼身子里，缝牢扎紧；钓钩所有向外扎的部分，钩弯和钩尖，都用新鲜沙丁鱼遮盖起来。每条沙丁鱼都被穿过双眼串在钓钩上，这样便在钢钩向外扎的部分构成了半个花环的形状。一条大鱼在钓钩上能够触碰到的部位，没有一处不是喷香而且味美的。

男孩儿给了他两条新鲜的小金枪鱼，或者叫长鳍金枪鱼。这两条鱼像铅锤般挂在两条最深的钓索上；另外两根钓索上他挂的是上回用过的一条金鲹和一条巴托洛若鲹，不过那两条不新鲜的鱼并没有坏，而且有非常棒的沙丁鱼替它们增添香味和吸引力。每一根钓索都有一支大铅笔那么粗，打个活扣拴在一根鲜绿绿的树棍子上，这样只要鱼饵被拽一下或碰一下，就会使树棍子往下点头蘸水①。每根钓索都接着两个四十英寻长的钓索卷儿，它们还可以接到其余的备用钓索卷儿上，这样在必要的时候，一条大鱼就可以拉出去超过三百英寻的钓索。

这会儿老头儿边摇着桨，边注视着倾斜到小帆船外侧的三根树棍子的动静。他轻轻地摇桨，使钓索保持上下垂直，让底下的鱼饵一直在合适的深度。天已经大亮，现在太阳随时都可能升上来。

淡淡的太阳从海中升了上来，老头儿看得见别的船了。它们低矮地浮在水面，离海岸相当近，星星点点散布在湾流上。随后太阳变得明亮了，水上泛起耀眼的光。不久，随着太阳升

---

① 这些树棍子插在船舷边，必须鲜嫩从而有弹性，就像我们平常使用的钓竿梢子必须有弹性一样。

离地平线，平滑的海面将阳光反射到老头儿脸上，剧烈地刺痛了他的眼睛。他摇着桨，将脸扭向了一侧。他低头看着水里，注视着垂直伸进黑咕隆咚的深水里的钓索。他让钓索伸得比任何人的都直，这样一来，在黑咕隆咚的洋流的每一个层次上，就都有一个鱼饵等在恰好是他所希望的深度，迎候游经过的任何一条鱼。别的渔夫都听凭钓索随湾流漂移，有时钓饵漂在六十英寻深的地方，渔夫们却以为它们沉到了一百英寻的深水里。

我可是让它们一直待在很准的位置上的，他心想。只是我不再走运了。可是谁知道呢？也许转运就在今天。每一天都是一个新的日子。走运当然更好。可我宁愿准些。那样运气来的时候，你就有备无患了。

两个钟头后太阳升高了许多，脸对着东方时没那么伤眼睛了。现在他的视野中只剩下了三条船，它们在远处的近海海面上，显得那么低矮。

我这一辈子，眼睛老是被刚升起的太阳刺痛，他心想。可它们依旧好好的。黄昏的时候我能够直视太阳，眼前不会出现黑影。黄昏的时候太阳也是很厉害的。但是早晨它让眼睛疼痛。

就在这时，他看见一只军舰鸟扇动着长长的黑翅膀，在前方的天空中盘旋。忽然它后掠着翅膀，斜对海面倏地来了个俯冲，然后又在天上盘旋着。

“它逮住东西啦，”老头儿大声说道，“它可不光是在寻找哟。”

他缓慢而平稳地把船向鸟儿盘旋的海面上划去。他并不心急，始终让钓索保持上下垂直。不过他还是向湾流靠近了一点点，这样比他没打算利用鸟儿引路时虽然速度快了些，却依然是在用正确的方式捕鱼。

鸟儿在空中升高了些，然后又盘旋起来，翅膀一动不动。突然它来了一个俯冲。老头儿看见飞鱼窜出水来，在水面上拼命地飞驰。

“鲯鳅①，”老头儿大声说，“大鲯鳅。”

他把桨搁在桨架上，从船头下面取出一根细钓索。它带有一段接钩铁丝②和一个中等大小的钓钩。他取了一条沙丁鱼，给钓钩装上鱼饵，让钓索从船边溜下水去，然后将另一端系紧在船尾的一个带环螺栓上。接着他又给另一根钓索装上鱼饵，让它就那么盘着，待在船头板的阴影里。他重新拿起桨开始摇，眼睛盯住那只翅膀很长的黑鸟，这会儿它飞得很低，在水面上方忙乎着。

他正盯着看，那鸟儿忽然斜掠着翅膀，又一次俯冲下来扎到了水面。然后它疯狂地扑腾着翅膀追猎飞鱼，可最后却一无所获。老头儿看得出海水被大鲯鳅弄得微微鼓起来，那是它们在追逐脱逃的鱼儿。那些鲯鳅在飞掠的鱼儿下面破水驰行，只等鱼儿落下来，就疾速钻进水里。好大一群鲯鳅，他心想。它们散得很开，飞鱼没什么机会的。鸟儿也没有机会。那些飞鱼

---

① 一种海鱼，体形长而扁，体长可达一点五米，成年雄性身体呈金黄色。
② 一般用接钩绳将钓钩连接在钓索上，老人用的接钩“绳”是铁丝的。

对它来说太大了，而且飞得太快。

他看着飞鱼一次又一次地从水里面窜出来，看着那鸟儿一次次地做无用功。那一大群鲯鳅已经从我这儿逃开了，他心想。它们去得太快，而且太远啦。但兴许我能逮到一条掉队的，兴许我的大鱼就在它们附近。我的大鱼一定就在某个地方。

现在陆地上方的云像山峦一样高耸着，海岸只剩下了一条长长的绿色的线，背后是些青灰色的山丘。海水是深蓝的，深得几乎发紫。他低下头望着水里，看见深色的水中红色的浮游生物像筛落的细屑，看见这会儿的阳光在水中幻化出的奇光异彩。他望着水里面的钓索，看见它们垂直地朝下，直没入看不见的深处。看到有那么多浮游生物，他很高兴，因为这意味着有鱼。太阳已经很高了，这时候能在水里幻化出奇光异彩，就意味着会有好天气，陆地上空云彩的形状也说明了这一点。但那只鸟儿此时几乎已经飞出视野，水面上什么也看不到了，只有几摊黄色的、被太阳晒得发白的果囊马尾藻。还有一只在小船近边漂浮的僧帽水母，它的紫红色的囊已经成形，像一团带着虹彩的凝胶。它侧过身子，然后又翻正过来。它像一只大泡一样高高兴兴地漂浮着，长长的、致命的①紫红色须丝在它身后的水里面拖出去有一码长。

“Aguamala②，”老汉说，“你个婊子。”

---

① 这种水母有剧毒，所以说是“致命的”。

② 西班牙语：败坏水、水怪。

他悠悠地荡着桨，向水里面望去，看见一些丁点儿大的小鱼颜色变得跟那些拖曳的须丝一样。它们在须丝之间，在那个漂浮的大泡所形成的一小片阴影下面，游来游去。它们对水母的毒素有免疫力。但是人就不行了，假如老头儿跟一条鱼周旋的时候钓索上缠到这种紫红色须丝，让它们黏糊糊地粘在上面，他的手和胳膊上就会出现条状伤痕，疼痛红肿。那情形跟毒漆树或栎叶漆树引起的症状类似。但“Aguamala”的毒性发作起来更快，而且疼起来像挨鞭子抽一样。

带虹彩的泡泡们很美丽，但它们是大海中最有欺骗性的物类。老头儿喜欢看大海龟吃它们。海龟看见它们后，会从正面靠上前去，闭上眼睛让自己整个儿被龟甲保护起来，然后再将它们连同须丝一点儿不剩地吃下去。老头儿喜欢看海龟吃它们，喜欢在暴风雨过后到海滩上踩着它们走，听自己长满硬茧的脚底板踏上去时它们爆响的砰啪声。

他喜爱绿海龟和玳瑁，它们优雅，游得快而且非常值钱。对于体形巨大、笨头笨脑的红海龟，他抱有一种善意的蔑视态度：它们的龟板是黄色的，做爱方式很奇特，吃僧帽水母时闭着眼睛十分快活。

多年前他曾在捕龟船上干过活儿，但他对海龟并不抱持神秘的观念。他为所有的海龟难过，甚至连同那种体长如这只小帆船、重达一吨的大棱龟。大多数人对待海龟太残忍了，要知道，一只海龟被剖开、被屠宰以后，它的心还会跳上好几个钟头。老头儿心想，我也有这样一颗心，我的手和脚跟它们是相似的哟。为了增加气力，他吃白色的海龟蛋。整个五月份他天天吃，为的是让自己到了九、十月份更强壮，好去捕真正的大鱼。

他还每天喝一杯鲨鱼肝油。盛油的大圆桶放在许多渔夫存放渔具的棚屋里，凡是想喝的都可以进去舀。大多数渔夫讨厌那种味道。但它并不比他们在黑咕隆咚的时辰起床更让人难受，而且它对预防各种伤风感冒都很有效，对眼睛也有好处。

这时老头儿抬起头来，又看见了那只鸟儿在天上盘旋。

“它找到鱼啦。”他大声说。没有飞鱼破水而出，也没有那种可用作鱼饵的小鱼。但老头儿正望着的时候，一条小金枪鱼跃到空中，翻了个身，又头朝下扎入水里。那条金枪鱼在太阳下闪着银光，它落回到水里后，别的金枪鱼一条接一条地跃了上来。它们向四面八方跳腾着，搅得水花四溅。它们追逐着那些可用作鱼饵的小鱼，一跃就窜出去好远。它们在包围和驱赶鱼群。

要是它们跑得不太快的话，我会赶到它们中间去的，老头儿心想。他看着鱼群搅得海面上白沫翻滚，望着那只鸟儿俯冲下来，扎进慌乱中被逼到水面上来的小鱼中间。

“这鸟儿是个很棒的帮手。”老头儿说道。话刚出口，他脚下那根系在船尾的细钓索绷紧了。系钓索的时候他打的是活扣。他丢下桨，牢牢地抓住钓索，开始往回收。他感觉到钓索沉甸甸的，被小金枪鱼拽得微微颤抖。钓索收回来越多，便颤抖得越厉害。他看见了水里面的青色鱼脊和金色鱼腹。最后他一甩钓索，鱼儿被摔过船舷，掉进了船里。它躺在船尾的阳光里，身子很结实，形状像子弹，直瞪着两只愚钝的大眼睛。它的灵巧的尾巴颤抖着，快速拍打着船板，啪嗒啪嗒渐渐耗尽了它的生气。老头儿出于好意猛敲了一下它的头，将它的依然在抖动的身子，一脚踢到船尾的阴影里。

“长鳍金枪鱼，”他大声说道，“做鱼饵是很漂亮的。称一下怕有十磅呢。”

他不记得自己是从什么时候起，在独自一人的情形下会大声说话。从前独自一人时，他会唱歌；当年在渔船或捕龟船上轮夜掌舵的时候，他有时也会唱歌。有可能是在男孩儿离开他的船之后，他才有了在孤单时大声言语的习惯。不过他记不清了。他和男孩儿一起捕鱼的时候，通常只会在有必要的时候交谈几句。在夜里，或是在碰上坏天气、被暴风雨困住不能下海的时候，他们会在一起聊天。在海上时没必要就不说话，这是公认的好品行；老头儿也一向抱持这种看法，始终恪守。可如今既然没有人会受到打扰，他就大声将心里的话说出来，已经许多回了。

“别人要是听见我大声自言自语，一定会认为我疯了，”他大声说，“可既然我没有疯，我就不管它了。有钱人坐在船上时有收音机对他们说话，还给他们传棒球赛的消息呢。”

现在可不是琢磨棒球赛的时候，他心想。现在只该琢磨一件事。我生来要干的那件事。那群鱼附近兴许有个大家伙，他心想。我只是从捕食小鱼的长鳍金枪鱼里面捡了一个掉队的。可它们正干着活儿去向远处，去得很快。今天在海上露面的每一样东西都跑得很快，跑向东北方向。这是最近出的新花样？还是什么我不了解的天气征兆？

这会儿他已经看不见那一线绿色的海岸了，视野中只剩下青色山丘的峰顶，呈白色，仿佛覆盖着雪一样；还有那些云，宛如高耸的雪山，悬在丘峰的上空。海水黑咕隆咚的，阳光在水中折射出彩虹的颜色。无数浮游生物的点点幽光，现在已被升高了的太阳所湮灭。老头儿此时看到的只有深处蓝水区折映的一大片虹光，还有那几根直下一英里深海水的钓索。

渔夫们把所有金枪鱼科的鱼都叫作金枪鱼，只有在拿去卖或者交换鱼饵的时候才有区分，用它们的正式名称。现在金枪鱼群又沉下海去了。太阳这会儿很热，老头儿感觉到它晒着脊背和脖梗，摇桨的时候还感觉到脊背上的汗往下流。

他心想，我本可以让船儿顺水漂，自己睡觉的，钓索可以打个扣套在脚趾上，一动我就会醒。但今天是第八十五天，我得好好钓一天鱼。

就在这个时候，在他眼睛盯着钓索的时候，他看见戳在船边的一根绿树棍子很厉害地点起头来。

“是了，”他说，“是了。”一边把桨搁在了桨架上，并没有颠动船。他伸手拿起钓索，用右手的大拇指和食指轻轻捏住。钓索上并没有绷紧了或者沉甸甸的感觉，他便不用力地拿在手里。接着又是一下。这回是试探性的一拉，既不实在也不重。他确切地知道这是怎么回事了：在一百英寻深的地方，一条马林鱼正在吃遮盖钩尖和钩身的沙丁鱼，那正是手工打造的钓钩从那条小金枪鱼的脑袋往外扎的地方。

老头儿很细心地用左手轻轻握住钓索，将它从树棍子上解了下来。现在他可以让它在手指间滑动了，不会让鱼儿感觉到有绷力。

在离岸这么远的地方，到了这个月份，它肯定长得肥死了，他心想。吃吧，鱼儿。吃吧。请吃吧。这些小鱼多新鲜哟，你那地方有六百英尺深呢，黑咕隆咚的，水那么冷。在黑暗中再兜个圈儿，回来把它们吃了。

他感觉到钓索被轻轻地、很小心地拽着，然后是猛地一拉。这肯定是因为沙丁鱼的头不大容易从钩子上扯下来。然后，没有动静了。

“来啊，”老头儿大声说，“再兜个圈儿。你闻一闻，味道不好吗？趁新鲜把它们吃了，接下来还有金枪鱼呢。鱼肉结实、凉凉的、味道好得很。别害臊，鱼儿，吃吧。”

他用大拇指和食指捏住钓索，等待着。同时他也注视着另外几根钓索，因为鱼儿有可能已经游到上面来了，也可能游下去了。然后又是很小心的一拽。

“它会咬钩的，”老头儿大声说，“愿主帮助它咬钩。”

可它并没有咬钩，它走了，老头儿感觉不到动静了。

“它不可能走的，”他说，“基督知道它不可能走。它在转圈儿。兴许它从前吞过钩，还有点儿记得。”

接着他感觉到钓索被轻轻地碰了一下，他快活起来。

“它只是转个圈儿，”他说，“它会咬钩的。”

他快活地感觉到了那种轻轻的拉拽，然后，他感觉到了一样硬绷绷的东西，重得令人难以置信。那是鱼儿的分量。他让钓索不断地往下滑，往下滑，同时将两个钓索卷儿里的上面一个打开了。钓索轻轻地从老头儿手指间滑下去时，虽然大拇指和食指间的压力很细微，他仍然能感觉到那了不得的分量。

“好大一条鱼哦，”他说，“这会儿它把鱼饵斜叼在嘴里，正游开去呢。”

接下来它会吞了它的，他心想。他并没有说出声来，因为他知道，一件好事情假如说破了，兴许就不会成真了。他知道这条鱼是个大家伙，他想象它正将金枪鱼横斜着衔在嘴里，在黑暗中游开去。就在这一刻，他感觉到它不动了，但分量依然在。接着，分量变重了，他又放出去一段钓索。有一会儿他的大拇指和食指捏紧了些，钓索上的劲道便增加了，一直传到水底下。

“它咬钩啦，”他说，“这会儿我让它好好吃吧。”

他一边让钓索从手指间往下滑，一边把左手探下去，拿起两个备用钓索卷儿松开的一头，系在旁边那根钓索的两个备用钓索卷儿的活扣上。现在全准备好了。除了正在使用的钓索卷儿外，他还有三个四十英寻长的钓索卷儿备用。

“多吃下去一点儿，”他说，“好好吃。”

吃下去，让钩尖戳进你的心脏，杀死你，他在心里说道。爽快些浮上来，让我把鱼叉捅进你的身子。行啦。你在餐桌边还没待够吗？

“来哉！”他大声说道，两只手一块儿猛拉，一下子将钓索收上来一码长，然后使出胳膊上的全部劲道，全力拧动身体，两只手交替摆动着，一下一下又一下地猛拉钓索。

没一点儿反应。鱼儿只管慢慢地游开去，老头儿无法把它提上来一英寸。钓索很结实，是专门用来钓大鱼的。他把它勒在肩背上，竟至于绷得太紧，水珠儿直从上面往外弹。随后钓索开始在水里发出一种频率不快的嗞嗞声。他仍旧抓住不放松，身子抵住横座板，后仰着来对抗鱼儿的拖拽。小船开始慢慢地向西北方向移行。

鱼儿不紧不慢地游着，船和人在平静的水面上缓缓地行驶着。另外几只鱼饵依然在水里，不过已经顾不上了。

“要是男孩儿在就好了，”老头儿大声说，“我被一条鱼拖着走，成了系纤绳的缆柱啦。我可以把钓索系在船上的。但那样它就有机会挣断钓索了。我得尽量牵住它，它非得要钓索时就放些给它。感谢主，它在朝前游，没往下沉。”

假如它决意要往下沉，我该怎么办呢？我不知道。假如它突然潜入海底，死了，我该怎么办呢？我不知道。不过我不会干等着的。我有好多事情可以做。

他用脊背抵住钓索，眼睛望着它在水里的斜线，小帆船正平稳地向西北方向驶去。

这会要了它的命的，老头儿心想，它不可能永远这样干下去。但四个钟头过去了，鱼儿依旧拖着小帆船，稳稳当当地向外海游着，老头儿依旧用脊背紧紧地抵着钓索。

“我钓到它的时候是中午，”他说，“可还不曾看见过它一回呢。”

钓到这条鱼之前，他把草帽拉下来紧扣着脑袋，这会儿他的前额被勒得生疼。而且他也渴了。他屈下双膝，小心不让钓索动得很厉害，移行到靠近船头、伸出一只手能够得着水瓶的地方。他打开瓶子，喝了一点儿。然后，他将身子靠在船头上。桅杆和帆并没有竖起来，他坐在上面，什么也不去想，只管忍耐下去。

他回头望去，发现陆地已经从视野里消失了。没关系，他心想。我总是能靠着哈瓦那的灯火回港湾的。太阳沉下去以前还有两个钟头，兴许不到天黑它就会浮上来。不然的话，兴许月亮升上来时它会浮上来。再不然的话，兴许出太阳的时候它会浮上来。我没有抽筋，我感到浑身是劲儿。嘴里有钩子的是它。不过能这样拖着船走，那是多大一条鱼呀。它的嘴一定是让接钩铁丝给挟住了。要是能看到它该多好。哪怕看一眼，让我知道自己面对的是个什么样的对手。

老头儿会看星星辨方向，以他的观察来看，鱼儿游的路线和方向一整夜都没有改变。太阳沉下去之后，天儿冷了起来，汗水干在老头儿的脊背和胳膊，还有老腿儿上，冷兮兮的。白天的时候，他曾取下盖在鱼饵盒子上的粗布口袋，摊在太阳底下晒干。太阳沉下去后他把它拿来系在脖子上，让它披下来遮住背，又小心翼翼地把它塞到了钓索下面。现在钓索是勒在他肩膀上的。有粗布口袋垫着钓索，他又想个办法趴在了船头上，这就差不多很舒服啦。其实，这种姿势只能算是没那么难受了，可他认为这就差不多很舒服了。

他心想：我拿它没办法，它也拿我没办法；只要它老这样，那就大家都没办法。

有一回他站起来，向小帆船的船舷外面撒尿。他望望天上的星斗，核对了一下行驶的方向。钓索从他肩头笔直地伸进水里，像一根发着磷光的线一样呈现在眼底。这会儿他们①移行的速度慢了许多。哈瓦那的灯火并不那么明亮，他知道一定是湾流在将他们带向东方。哈瓦那的灯火不耀眼了，那我们肯定是偏向东去了，他心想。因为鱼儿的路线假如没有偏的话，我肯定还能多看见灯火好几个钟头。不知道今天棒球大联赛的结果怎样，他心想，干这活儿要是有个收音机就美了。然后他在心里说：你老这样想。还是想想你正在干的活儿吧，一个愚蠢举动也容不得的。

接着他大声说道："要是男孩儿在就好了。可以帮帮我，看着点儿，别让我干蠢事。"

人上了岁数就不该独自一个人待着，他心想，可这是免不了的。我得记着，要趁金枪鱼没坏就把它吃了，好保持气力。记着，不论你怎样吃不下，也得在早晨把它吃了。别忘了，他对自己说道。

夜里有两只海豚来到小船附近，他听得出它们在翻滚和喷水。他能分辨出雄海豚制造出的喧闹的喷水声，和雌海豚发出的叹息似的喷水声。

"它们很和气，"他说，"它们玩耍、嬉闹，恩恩爱爱的。它们跟飞鱼一样，是我们的兄弟。"

然后他可怜起被他钓住的这条大鱼来。他心想：它真是不可思议，而且古怪，天知道它有多大岁数了。我从来不曾钓到过这么猛的一条鱼，也没见过举动这么古怪的。兴许它太聪明

① 这里的"他们"指老人和那条大鱼。

了，不肯跳出水来。它跳一下，或者狂奔一下，就能把我给毁了。不过，兴许它曾经被钓住过好多回，知道该这样子跟我斗。它不可能知道跟它斗的是孤零零的一个人，而且是个老头儿。不过它是多么了不得的一条鱼哦，假如肉质好的话，拿到市场上去那得卖多少钱呀。它吞起鱼饵来像一条雄的，拖拽起钓索来也像一条雄的，它跟我斗的阵式中不见一丝慌乱。不知道它是有很多计划呢，还是像我一样，只不过是孤注一掷？

他记起从前将一对马林鱼中的一条钓起来时的情形。雄鱼总是让雌鱼先进食，被钓住的鱼，那条雌的，很激烈、很慌乱地，用绝望的方式斗了一阵，便耗尽了气力。整个过程中雄鱼一直跟随着，从钓索下面穿来穿去，陪雌鱼在水面上转圈儿。它跟得太紧了，老头儿真怕它的尾巴割断钓索；那东西像大镰刀一样锋利，尺寸和形状也很相近。老头儿用钩鱼竿将雌鱼拖到船边，用棍子揍；抓住它那长剑一般、边缘像砂纸的嘴，揍它的头顶。直到它的颜色变得差不多像镜子背面的敷层，这才让男孩儿搭手把它抬上船来。那段时间里，雄鱼一直待在小船边。接下来，老头儿正在那儿清理钓索、归整鱼叉呢，雄鱼忽地从船边高高地跃起到空中。它要看一眼雌鱼何在，然后才钻进了海水深处。当时它大张着淡紫色的翅膀，也就是胸鳍，身上全部淡紫色的宽大条纹都亮了出来。它真美啊，老头儿回想着叹道，它一直待着不走。

那是我在鱼儿身上看到的最伤心的事，老头儿心想，男孩儿也很伤心，我们请求雌鱼宽恕，然后立刻把它宰杀了。

“要是男孩儿在就好了。”他大声说，身体趴靠在边棱已被磨圆的船头板上，感觉到大鱼的力量通过勒在肩头的钓索传过来。无论它选择的是什么，那力量正平稳地向着它的目标行进。

我做了不忠不义的事情，它没办法才作出了一个选择，老头儿心想。

它的选择是待在黑咕隆咚的深水里，远远地躲开一切的圈套、陷阱和不忠不义。我的选择是，去没人到过的地方把它找出来，天底下任何人都不曾到过的地方。现在我们俩被拴在一根绳上了，从中午起。双方都没有帮手。

兴许我本不该做渔夫的，他心想，可我生来干的就是这一行。我得记好喽，天亮后把金枪鱼吃了。

离天亮还有一段时间的时候，他身后的一个鱼饵被什么鱼咬住了。他听见树棍子被折断了，钓索向小帆船的船舷外面直窜。他摸黑将小刀抽出鞘来，用左肩承受住大鱼的全部拉力，身体后仰着，将钓索抵在船舷的木头上割断了。然后他又割断了离他最近的那根钓索，摸黑将几个备用钓索卷儿的断头系在一起。他单用一只手熟练地打着结，最后用脚踩住钓索卷儿，将结子抽紧。现在他有六个备用钓索卷儿了。刚才处理掉的两个鱼饵各留下两个卷儿，大鱼咬住的鱼饵还有两个卷儿，六个卷儿全部连接上了。

他心想，天亮后我要挪动到船后面去，将四十英寻深的那个鱼饵也割了，把它的备用钓索卷儿也接上。我要损失两百英寻长的上等加泰罗尼亚①钓索了，外加钓钩和接钩铁丝。那些东西丢了可以再另找。但假如我钓住别的鱼，将这条大鱼给搅丢了，再到哪里去另找呢？不知道刚才咬钩的是条什么鱼。有可能是马林鱼，也可能是箭鱼或者鲨鱼。我没有探它一下。没法子，我得尽快地把它扔了。

他大声说道："要是男孩儿在就好了。"

但是男孩儿没在你身边，他心想。你只有你自个儿，你最好现在就挪动到船后面去，管他摸黑不摸黑，去割掉最后一根钓索，把那两个备用钓索卷儿也接上。

于是他把这活儿完成了。在黑暗中干活儿挺不容易，鱼儿曾经使船颠了一下，将他脸朝下掀倒在地。他眼睛下面被划了一道口子，血从脸颊上淌下来一溜，但没流到下巴上就已经凝干了。他又挪动回船头，趴在木板上休息。他将粗布口袋拉拉好，小心翼翼地挪动钓索，让它在肩膀上换个位置勒着。钓索在肩头勒紧了不再滑动之后，他小心翼翼地试探了一下鱼儿拉拽的力道，然后伸手在水里感觉了一下小帆船行驶的速度。

真不明白刚才它干吗突然那么一晃，他心想，一定是铁丝在它隆起的脊背上滑了一下。当然了，它的脊背肯定不会像我的这么难受。但不管它多么了不得，也不能永远拖着这只小帆船吧。现在凡是可能惹事儿的东西都清除净了，而且我备好了一大堆钓索，还能要求什么呢，足了。

"鱼儿呀，"他用柔和的语气大声说道，"我会奉陪到底，

---

① 加泰罗尼亚是西班牙的一个地区，位于伊比利亚半岛东北部，盛产渔具。

至死方休的。”

估摸着它也会奉陪我到底，老头儿心想。他开始等天亮了。破晓之前，正是寒冷的时辰，他将身子贴紧在木板上取暖。它能耗多久，我就能耗多久，他心想。黎明的第一道光线初现时，钓索就向外伸，向深水里钻去。小船平稳地移行着，太阳刚露一点儿边儿，阳光就落到了老头儿的右肩上。

“它在向北去。”老头儿说。湾流本来会把我们远远地带向东方去的，他心想，希望它会转向，顺着湾流游去。那就说明它乏了。

太阳升高了些，老头儿意识到鱼儿并没有乏。只有一个有利的迹象：钓索的斜度说明它游到浅一些的地方来了。这并不一定意味着它会跳起来。但有可能它会跳。

“主啊，就让它跳吧，”老头儿说，“我有足够的钓索对付它。”

兴许我可以稍微绷紧一点儿，勒痛它，它就会跳起来啦，他心想。既然天已经大亮，就让它跳吧，那样的话，它贴着脊骨的鳔①里面就会充满空气，它就不会钻到深水里去死掉啦。

他试了试，想再加点儿力道上去，但自从鱼儿被钓住以来，钓索一直在绷紧，此刻已经到了快要绷断的临界点。他身体后仰、拉拽钓索的时候，感觉到死沉死沉的。他知道再也拉不动分毫了。不要再急拽了，他心想。拽一下，钓钩割开的口

---

① 大多数鱼身体里有个由一大一小两部分构成的气囊，通过排出或增加里面的空气，鱼可以控制自己在水里的深度。

子就会拉宽一些，它真跳起来的时候，就有可能把钩子甩掉。不管怎么说，太阳升上来后我感觉好些了，而且这一回破例，我的眼睛不必再看着太阳的方向了。

钓索上挂了些海藻，老头儿知道这只是给大鱼添了个累赘，心里面很高兴。夜里面发出许多磷光的，正是这种黄色马尾藻。

“鱼儿呀，”他说，“我非常爱你、敬你。但是，在这一天终结之前，我要杀死你。”

但愿如此吧，他心想。

一只小鸟从北边向小帆船飞来，是一只刺嘴莺，在水面上飞得很低。老头儿看得出来，它很累了。那鸟儿飞到船尾，栖息在上面。然后它飞起来，绕着老头儿的脑袋转圈儿。最后它栖息在了钓索上，这样更舒服些。

“你多大了呀?”老头儿问小鸟，“这是你第一次远行吗?”

他说话的时候鸟儿望着他。它太累了，连检查一下钓索都懒得动，细细的爪子握紧钓索，摇摇晃晃地栖在上面。

“这上面很稳当的，”老头儿告诉它，“太稳当啦。一夜无风，你不该累成这样的呀。鸟儿们的结果会是什么呢?”

他心想，是鹰隼，出动到海面上来迎它们。但他没有对这只鸟儿说出来，反正它也听不懂，而且不用多久，它就会知道什么是鹰隼的。

“好好歇一歇，小鸟儿，”他说，“然后投入进去，去碰你的运气。人啊、鸟儿啊、鱼儿呀，都是这样的。”

他非常想说话，因为夜里面他的背僵住了，此时实在很疼。

“你要是愿意，可以住到我家去，鸟儿，”他说，“很抱歉，我不能趁着这会儿刮起来的小风升起帆，带你回家。但我总算有个朋友陪着了。”

偏偏这个时候，大鱼突然一晃，拽得老头儿栽倒在船头上。若不是他支持住，并且放出些钓索的话，他可能已经被拽下海去了。

钓索一个急拉的时候鸟儿就已经飞起来了，老头儿甚至没有看见它飞走。他很小心地用右手去摸钓索，注意到手在流血。

“一定是什么东西伤着它了。”他大声说，一边收紧钓索，看看能不能让大鱼拐个弯。但收紧到钓索快要断的时候，他便稳住不动了，身体后仰着，对抗钓索上的拉力。

“这回你感觉到了吧，鱼儿，”他说，“主做证，我也感觉到啦。”

然后他四处张望着寻找鸟儿，因为他很希望有它做伴。可鸟儿已经飞走了。

你没待多少时候哟，老头儿心想。可是你去的地方风浪更急，要等上了岸才会消停。我怎么会让鱼儿一个急拉就把手割破了呢？一定是我变得很笨了。也可能是我一心看着小鸟，想着鸟儿的事。现在我要集中精神干活儿，待会儿还得把金枪鱼吃了，才不会没了力气。

“要是男孩儿在就好了，再就是要有点儿盐。”他大声说。

他将钓索的分量移到左肩上，小心翼翼地跪下来，在海水里洗着手，并且让它在水里浸了一分多钟。他望着丝丝缕缕的血散开去，望着小船行驶时海水在手上不断流过。

“它①慢下来不少。”他说。

老头儿真想让手在咸水里多浸一会儿，但他担心大鱼突然再来一次晃动。他站起身，振作精神，将手举高些，放到太阳底下晒。只不过是一根钓索飞速滑出去时割伤了他的手，但伤的位置却是手上的活动部位。他知道，一切结束之前没这双手是不行的，他不想真活儿还没开始就被割伤。

手晒干了。“好啦，”他说，“我得把小金枪鱼吃了。我可以用钩鱼竿把它钩过来，在这儿舒舒服服地吃。”

他跪下去，用钩鱼竿从船尾下面掏摸到金枪鱼，小心避让开钓索卷儿，将它钩到了跟前。他再次用左肩扛住钓索，靠左手和左胳膊把它绷住，然后把金枪鱼从钩鱼竿的钩子上取下来，将钩鱼竿放回原处。他用一只膝头压住鱼，从鱼头最下面起直到鱼尾，竖着割下一条条深红色的鱼肉，一条一条鱼肉都是楔形的，他先挨着鱼脊割，最后割鱼肚子边，总共割下来六条。他将它们摊在船头板上，然后在裤子上擦干净刀子，拎着尾巴，将这条鲣鱼②的残骸扔到了船外。

“看来我是吃不下一整条鱼的。”他说，一边用刀子切开一条鱼肉。他感觉得到钓索上持续不变的、硬绷绷的拉拽力

---

① 这里指的不是船，而是鱼。

② 鲣鱼是金枪鱼的一种，属金枪鱼亚目，金枪鱼科。前面一直称它金枪鱼是因为如前文所说，“渔夫们把所有金枪鱼科的鱼都叫作金枪鱼，只有在拿去卖或者交换鱼饵的时候才有区分”。

道。他的左手突然抽筋了。它紧紧地贴在沉重的钓索上，他厌恶地望着它。

“这算个什么手哟，”他说，“想抽筋你就抽吧。干脆变成个爪子算啦。这对你并没有好处。”

他俯望着黑咕隆咚的水里面钓索的斜线，心想：吃吧，马上把鱼肉吃了，给抽筋的手添些力气。这并不是手的错，你可是跟鱼儿纠缠了好多个时辰啦。但是你能永远跟它缠斗下去。马上把鲣鱼吃了。

他拿起一块鱼肉，放进嘴里，慢慢地嚼着。不难吃。

好好儿嚼，他心想，把汁水一滴不漏给吸了。要是掺点儿酸橙汁、柠檬汁或者盐，吃起来味道肯定不坏的。

“你感觉怎样了啊，手？”他问抽筋的手道，它僵硬得差不多像尸僵①一样，“我要为了你再多吃一些。”

他把那条鱼肉切下的另一半也吃了。他细细地嚼着，然后把鱼皮吐出来。

“好些了吗，手？我是不是太急着想知道了？”

他拿起另外一整条鱼肉，嚼着。

“这是条很有营养的纯种鱼，”他想，“幸好我钓到的是它，不是鲯鳅。鲯鳅肉太甜啦。这鱼肉根本算不上甜，但吃下去还是很添力气的。”

不过，一个人只讲实际挺没意思的，他心想，有点儿盐就好了。不知道太阳会不会把剩下的鱼肉晒坏或者晒干，所以我

---

① 人死后躯体逐渐变硬而僵直的过程。

虽然不饿，最好还是全吃完。眼下鱼儿挺安稳的。我要把鱼肉全吃完，然后我就可以笃笃定定地等着了。

“忍着点儿吧，手，”他说，“我这样做是为了你。”

真希望也能喂一下大鱼，他心想。它是我的兄弟。但我必须杀死它，而且要攒足力气去干这个活儿。他细嚼慢咽地吃着，将那些楔形的鱼肉条全都吃了下去。

他直起身子，在裤子上擦了擦手。“现在你可以放开钓索了，手，”他说，“我先单独用右手来对付鱼儿，等你的狗屁抽筋停止了再说。”他用左脚踩住左手一直握着的沉重的钓索，身体后仰着，用脊背来对抗钓索上的拉力。

“主啊，帮助我停止抽筋吧，”他说，“因为我不知道鱼儿接下来会干什么。”

不过它好像挺平和的，在按计划行事，他心想。但它的计划是什么，我的计划又是什么呢？他心想。我的计划必须根据它的临时再定，因为它的个儿实在太大啦。假如它跳起来，我就能杀死它了。但它一副永远耗下去的架势。那我就永远陪着它耗下去。

他在裤子上揉着抽筋的手，想给手指松松劲儿。但手就是不肯松开。兴许太阳升上来它就会松开的，他心想。兴许等到有营养的生金枪鱼消化后它就会松开。到了非用到这只手的时候，我会掰开它的，不管付出什么代价。但现在我还不想硬把它掰开。让它自己松开，自愿地回复过来吧。毕竟，夜里必须放掉和解开钓索时，我使唤它太厉害、太过分了。

他向海面上望去，知道自己现在是多么孤单了。但他能看见黑咕隆咚的深水里折射出的奇光异彩，看见向前伸出去的钓索，看见平静的海水的奇异的波动。现在云彩正在堆积起来，等待贸易风的来临。他向前方望去，看见水面上空有一群野鸭，它们像蚀刻画一样映在天幕上，一会儿显得模糊了，一会儿又像蚀刻画一样分明。他知道，在大海上，人是绝不会孤独的。

他在琢磨，有些人明知恰逢天气可能突然变坏的月份时，驾一只小船在望不见陆地的汪洋大海上漂会多么害怕，而眼下正是随时可能起飓风的月份，但这种时候假如不起飓风，就会是一年当中天气最晴好的月份。

假如有飓风，你又在海上，你总归能在它到来的前几天从天上看到迹象。他心想，在陆地上的人是看不出来的，因为不知道去看什么。陆地对于云彩的形状肯定也会产生影响。不过，现在并没有飓风到来的迹象。

他仰望着天空，看见许多白色的积云①层叠在一起，宛如一堆堆亲亲热热挤在一起的冰淇淋。在它们上方，在高处，高高的九月天幕上，衬映着薄薄的羽毛似的卷云。

“Lightbrisa②，”他说，“天气对我有利呢，鱼儿。”

他的左手仍然在抽筋，但他在慢慢地将它撑开。

我讨厌抽筋，他心想。这是一个人的身体对自己的背叛。因为食物中毒而拉肚子或者呕吐，那是在别人面前丢脸；但是

---

① 一种垂直向上发展的云块，轮廓分明，顶部凸起，云底平坦。

② 英语加西班牙语：微风。

抽筋，他所认为的“calambre”①，是在自己面前丢脸，特别是在独自一人的时候。

他心想：要是男孩儿在，他可以帮我揉一揉，从小臂往下揉，让它松开来。不过它总会松开来的。

这时，他用右手摸了摸钓索，感觉到拉力有点儿不一样了。紧接着，他看到水里面钓索的斜度发生了变化。然后，他一面仰着身子抵住钓索，左手狠命地在大腿上快速拍打着，一面看见钓索斜斜地在慢慢往上升。

“它上来啦，”他说，“快呀，手。拜托你赶快。”

钓索缓缓地、不断地往上升，接着，小船前方的海面鼓起来，鱼儿露出了水面。它没完没了地往外冒，身体两侧的海水直涌。在太阳底下，它闪耀着光亮，头和背呈暗紫色，身体两侧宽宽的条纹被阳光映成了一种很淡的紫色。它的上颚像棒球棒一样长，像剑一样尖。它整个身体钻出水面，然后又像潜水鸟一般滑溜溜地钻回海水中去。老头儿看见它那巨大的、镰刀片似的尾巴没入水里，钓索也跟着窜了出去。

“它比这小船还长出两英尺。”老头儿说。钓索在快速而平稳地往外跑，鱼儿没有受惊。老头儿用两只手收放着钓索，将力道控制在刚好钓索不会断的程度。他知道，如果不能用一种稳定不变的力道拉着鱼儿，让它慢下来，它就会将所有的钓索拖走，挣断。

它是一条了不起的鱼，我一定要让它信服我，他心想。一

---

① 西班牙语：抽筋。

定不能让它知道自己有多大的力气，假如狂奔起来能做成什么事。我要是它的话，现在就会使出浑身的本事往前奔，直到把拽着自己的东西扯断。还好，感谢主，它们并不像我们这些杀它们的人一般聪明，虽然它们更高贵、更有能力。

老头儿见过许多了不起的大鱼。他一辈子见过不少重量超过一千磅的鱼，而且逮到过两条，但都不是独自干的。现在他独自一人，看不见陆地，同一条他从未见过也从未听说过的最大的鱼连在一起；而且他的左手依然僵在那儿，如同蜷起的鹰爪。

抽筋总会好的，他心想。左手一定会停止抽筋，恢复正常，给右手帮忙。有三样东西是我的兄弟，鱼儿和我的两只手。一定得恢复过来。抽筋是一件丢人的事。鱼儿慢了下来，又在用先前的速度往前游了。

真不明白它为什么跳，老头儿心想。它这样跳简直像是为了让我看看它个儿有多么大。现在我总算知道了，他心想。我也希望让它瞧瞧我是怎样一种人。但那样它就会看到我抽筋的手。就让它认为我比现在这副德行更像条汉子吧，我会做到的。真希望我是那条鱼哟，以它所拥有的一切，只需对抗我的意志和聪明。

他舒舒服服地靠在船头板上，痛的时候就忍着。鱼儿游得很平稳，小船在黑咕隆咚的水里缓缓移行。东面来的风在海面上吹起了微澜，中午时分，老头儿左手的抽筋好了。

“你的坏消息哟，鱼儿。”他说，一边将垫着粗布口袋的肩膀上勒着的钓索换了个地方。

他很舒服，但又在受着痛楚，虽然他根本不承认在熬痛。

“我不信教，”他说，“但假如我捉到这鱼，我会念十遍‘我们在天上的父’，十遍‘福哉玛利亚’；我许愿，假如捉到它，我会去科布雷圣母院①朝圣。这是我许的愿。”

他开始机械地祷告。他太累了，有时会记不起祈祷文，便很快地往下念，好顺口念出来。“福哉玛利亚”比“我们在天上的父”容易念，他心想。

“万福玛利亚，你充满圣宠，主与你同在，你在妇女中受赞颂，你的亲子耶稣同受赞颂。天主圣母玛利亚，求你现在和我们临终时，为我们罪人祈求天主。阿门。”念完后他加上一句：“圣母玛丽亚，我祈祷这鱼儿死去，虽然它令人惊叹。”

祷告完毕，他心里面好受了许多，身上的痛楚却未减轻丝毫，也许还增加了一点儿。他俯身靠在船头木板上，机械地揉捏起左手的手指头。

这会儿虽然起了柔和的微风，太阳却是很热了。

“最好给细钓索再装上鱼饵，从船尾放出去，”他说，“假如鱼儿决定再耗上一夜，我就需要再吃点儿东西，而且瓶子里的水剩下不多了。我看，在这儿除了鲯鳅什么也钓不到。不过，假如我趁着够新鲜的时候吃，味道也还不坏。希望今夜有条飞鱼跳到船里来，可是我没有灯光吸引它们。飞鱼生吃味道是很棒的，而且不必切好了吃。现在我一定要好好养养力气。

---

① 古巴最著名的朝圣地，位于圣地亚哥城外约十三英里，在马埃斯特拉山脚下。

耶稣啊，我不知道它竟然那么大。”

“但我还是要杀死它，”他说，“哪怕它再了不起，再荣耀。”

他心想：虽说这不公正，但我还是要给它看看，一个人能做成什么样的事，有多大的忍耐力。

“我告诉过男孩儿，我是个怪老头儿。”他说。

“现在是我证明的时候了。”

他已经证明过一千回，但这不算什么。现在他要再证明一回。每一回都是新的，他在做这一回的时候，从不去想过去的许多回。

它要是睡觉就好了，好让我也睡上一觉，在梦里面见到狮子，他心想。为什么我的梦里面主要剩下狮子了呢？他对自己说：别去想了，老头儿。现在靠在木板上平平和和地歇一会儿，什么也别去想。它在干活儿呢。你就尽量省些气力吧。

已经过了中午，小船依旧缓慢平稳地移行着。但现在东面吹来的微风给前行添了一份阻力，老头儿平平和和地在起着微澜的海面上漂着，钓索勒在他脊背上显得没那么难受了。

下午钓索又升起来过一回。但鱼儿只是稍稍浮升到了浅一些的水层，继续游。太阳照到了老头儿的左胳膊、左肩和脊背上。他知道鱼儿转向北偏东了。

他已经见过鱼儿，就可以想象它在水里面游动的样子了。它的紫色胸鳍像翅膀一样大张着，巨大的尾巴竖起着，切开黑咕隆咚的海水。不知道它在那么深的水里能看清楚多少，老头儿心想。它的眼睛真大。马儿的眼睛小许多，在黑暗中也看得见东西。从前我也能在黑暗中看得很清楚。在一片漆黑中不行。差不多能像猫儿那样吧。

太阳晒，加上不断活动手指，他左手的抽筋现在完全好了。于是他开始将钓索的拉力多转移一些给左手，又耸动耸动背部的肌肉，将钓索勒着的痛处稍稍挪一挪。

“假如你不累，鱼儿呀，”他大声说，“你一定是个大怪物喽。”

他可是感到非常疲惫了。他知道夜色很快就会降临，便让自己去想些别的事情。他想到了大联赛，也就是他说的“Gran-Ligas”①，他知道纽约的扬基队正在跟底特律的老虎队开战。

这已经是第二天了，可我还不知道“juegos”② 的结果呢，他心想。不过我一定要有信心，一定要对得住大将迪马吉奥。他这人即使脚后跟长了骨刺，很痛，也总是把所有的活儿干得很完美。他问自己：什么是骨刺？“Unespueladehueso”③。我们没有那玩意儿。会不会像装在斗鸡后爪上的铁刺踢在人脚后跟上一样痛④？我想，那样的痛我是受不了的。斗鸡一只眼睛，甚至两只眼睛都被啄瞎了还继续打斗，这个痛我也受不了。人跟了不起的禽鸟或野兽相比，没什么了不得的。我还是宁肯做下面黑咕隆咚的海水里那个动物。

“不来鲨鱼就行，”他大声说，“要是来了鲨鱼，愿主怜悯

---

① 西班牙语：大联赛。

② 西班牙语：游戏、比赛。

③ 西班牙语：骨刺。

④ 玩斗鸡是古巴人最热衷的事情。

鱼儿和我吧。”

他在心里面问自己：你相信大将迪马吉奥会跟一条鱼一起待这么久吗，就像我跟这条鱼一样？我看肯定会，而且会更久，他可是年轻力壮啊，而且他老爹也是个渔夫。但是骨刺会不会让他痛得受不了呢？

“我不知道，”他大声说，“我从来不曾长过骨刺。”

太阳沉下去的时候，为了给自己再增添些信心，他回想起在卡萨布兰卡①那家酒馆里的往事。他同一个从辛菲哥斯②来的大个儿黑人掰手腕，那人是码头上力气最大的汉子。他们将胳膊肘支在桌上画的粉笔线上，小臂朝上伸直，两人的手紧握在一起，较了一天一夜的劲儿。他们各自都想将对方的手扳倒在桌上。好多人参与打赌，人们在煤油灯的灯光里出出进进。他望着黑人的胳膊和手，望着黑人的脸。最初八个钟头过去后，他们开始每四个钟头换一次裁判，好让做裁判的人有机会睡觉。他同那黑人，两人的手指甲里都渗出了血，互相望着对方的眼睛、手和小臂。打赌的人在酒馆里进进出出，坐到靠墙的高椅子上观看。墙是板壁，漆成了鲜亮的蓝色，灯光将他们的影子投在墙壁上。黑人的影子大得吓人，微风吹得那几盏灯摇晃起来，那影子也跟着在墙上晃动。

一整夜，参赌的赔率变来变去。他们喂黑人喝朗姆酒③，

---

① 非洲摩洛哥西部一海港。

② 古巴西部一港市。

③ 一种用蜜、糖或甘蔗酿制成的甜酒。

还给他点烟卷儿。那黑人喝了朗姆酒，就会下死劲儿。有一回他将老头儿（当时他还不是老头儿，而是 ElCampeon① 桑地亚哥）的手扳过均衡位置差不多三英寸。但老头儿又把手扳回到了正中间。这一下他心里面有数，黑人肯定会败在他手里了，那人可是个堂堂的汉子，了不起的运动员。天亮了，正当下赌注的人们要求判成平局、裁判员也在摇头的时候，老头儿把全身的劲儿发泄出来，将黑人的手一点点不断往下扳，最后压到了桌面上。比赛是从礼拜天早晨开始的，到礼拜一早晨才结束。许多下注的人要求判平局是因为还得去码头上工，把糖包装船②，或者去哈瓦那煤业公司干活儿。否则没有人不会想让比赛见个高低的。无论如何，他给了众人一个结果，而且赶在他们必须去上工之前。

此后有很长一段时间人人都叫他冠军。春天的时候，他们又复赛了一场。不过大家下的注不多，他也相当轻易地就赢了，因为在第一场比赛中，他已击垮了从辛菲哥斯来的黑人的信心。此后他又赛过几场，然后就再也不跟人比赛了。他断定，只要自己想赢的心思够重，就什么人都能打败；他也断定比赛对右手不好，他还要用它捕鱼呢。他试过几回左手练习赛。但左手总是背叛他，不肯完成他要求它做的事，他也就不信任它了。

太阳这一晒，它该好得差不离了，他心想。除非夜里太

① 西班牙语：冠军。

② 古巴是全世界最著名的蔗糖产地。

冷，它不会再让我抽筋的。不知道今夜会弄出什么事来。

一架飞机从头顶上掠过，它是在飞往迈阿密的航线上。老头儿望着飞机的影子惊起一群群的飞鱼。

“有这么多的飞鱼，一定有鲯鳅。”他说，一边勒着钓索向后仰，看看有没有可能多多少少将大鱼拉近些。没有可能。钓索始终硬绷绷的，水珠儿直颤，像是快要断了的样子。小船缓缓地前行着，他望着飞机，直到看不见为止。

坐在飞机里感觉一定很奇怪，他心想。不知道从那么高的地方往下看，大海会是什么样子？假如飞得不太高，应该能看清楚下面的鱼。我还真想低低地飞，在两百英寻高的地方，从天上往下看看鱼。当年在捕龟船上的时候，我曾经待在桅杆顶的横桁上，从那么高的地方我看下面仍然很清楚。从高处看，鲯鳅显得更绿，你能看清它们的条纹和紫色斑，还能看到正在游的整整一群鲯鳅。黑咕隆咚的湾流里所有游起来很快的鱼，它们的脊背都是紫的，条纹和斑点一般也是紫的，这是为什么？当然啦，鲯鳅看上去是绿的，因为它们其实是金黄色的。但当它们真的饿了，找食吃的时候，身体两侧就会像马林鱼一样，现出紫色的条纹。会不会是因为愤怒，或者因为游得快了，它们才显露出条纹的呢？

天正要黑下来的时候，小船从好大一片果囊马尾藻旁边经过。它随着轻柔的波浪起伏摇荡着，仿佛在一条黄色的毯子下面，海洋正和什么东西做爱。就在这个时候，那根细钓索被一条鲯鳅咬住了。它跳到空中时，他第一次看见了它：在太阳最后的光线里，它像是纯金的一般，弓起来，在空中拼命地甩着身子。它在惊恐中一次又一次地跃起，像在表演特技。老头儿费力地挪动回船尾，蹲下去，用右手和右胳膊攥住粗钓索，左手往回拉鳊鳅。拉一把，用光着的左脚踩住，再拉。鱼儿被拉到了船尾，绝望地钻来窜去，老头儿把身子探到船舷外，将这条锃亮的、有紫色斑点的金色鱼儿，从船尾的水里面提溜了进来。它的嘴巴扎在钩子上，一张一合，急促地抽搐着；它的长而扁平的身子，它的脑袋和尾巴，啪嗒啪嗒地扑打着小帆船的船底。老头儿操起棍子揍它的闪着光亮的金色脑袋，它才颤抖了几下，最后不动了。

老头儿将钓钩从鱼嘴上取下来，重新装上一条沙丁鱼，甩到水里。然后，他费力地挪动回船头。他洗了洗左手，在裤子上擦干，接着又将沉重的钓索从右手换到左手，将右手伸进海水里洗着，眼睛望着夕阳沉入海中，望着那根斜着出去的粗钓索。

“它一点儿也没改变。”他说。但是他望着扑过右手的海水时，注意到鱼儿的速度明显变慢了。

“我要把两支桨交叉着绑在船尾，这样会在夜里让它游得慢些，”他说，“它有本事熬夜，我也能。”

最好待一会儿再掏出鳊鳅的肚肠，让鱼肉里多留存些血，他心想。这件事可以迟些再做，到时候一并把桨绑好，给鱼儿添些阻力。现在最好让鱼儿安安静静的，别在日落时过分打扰它。对于所有的鱼儿来说，太阳落下去这段辰光都是不好过的。他让右手在风中吹干，然后用它攥住钓索，尽量放松下来，听凭鱼儿把自己拖向前去。他的身子抵着船头板，让小船也承担些，或者说多承担些拉力。

他心想：至少在事情的这一点上，我渐渐知道该怎么做了。还有，别忘了它自从咬钩以来就未曾吃过东西；它个头儿那么大，需要吃很多。我已经吃下一整条鲣鱼啦。明天我要吃鲯鳅。他把鲯鳅叫作鳅儿。兴许待会儿把它弄干净了我就该先吃点儿。这种鱼比鲣鱼难吃。不过，这要算难事的话，就没有一件事是容易的了。

“你感觉怎样啊，鱼儿?”他大声问道，“我感觉挺好，我的左手已经好多了，还备了一夜一天的食物。你就拖着船吧，鱼儿。”

他并不是真的感觉挺好，而是因为钓索勒着脊背的痛感几乎已经超出疼痛的界限，进入了一种他所不信任的麻木状态。从前我还遇到过更糟的事情呢，他心想。我的一只手只割破了一点儿，另一只手的抽筋也已经好了。我的两条腿都好好儿的。而且我在食物问题上胜过它。

现在天已经黑了。到了九月份，太阳一落下去，天很快就会黑。他倚靠在边棱已被磨圆的船头板上，尽可能地好好歇一歇。最初的几颗星星已经出来了。他不知道参宿七①这个名字，但看到了它。他知道其他星星很快也会出来，所有那些遥远的朋友又要来同他做伴了。

“这鱼儿也是我的朋友，”他大声说，“这样一条鱼，我从来不曾见过，也不曾听说过。但我必须杀死它。真高兴我们不

---

① 猎户星座左脚的一颗星，大而亮，在星空中很明显。

必去把星星也杀死。”

想象一下，假如一个人每天必须去杀死月亮，那会怎样呢？他心想。月亮会逃走。再想象一下，假如一个人每天必须去杀死太阳，又会怎样呢？我们生来是幸运的呢，他心想。

接着他又为那条没东西吃的大鱼难过起来。但难过又怎样呢，他杀死它的决心是决不松动的。它的肉会喂饱多少人啊，他心想。但是他们配吃它吗？不，当然不配。以它的举止风度，以它的高贵尊严，没有人配吃它。

这些事我弄不明白，他心想。但我们不必去杀死太阳、月亮或星星，这是好事。靠海吃海，杀死我们的亲兄弟，够够的了。

现在我要想一想加个拖拽的事情了，他心想。这有危险也有好处。假如它使劲儿拉，桨做的拖拽又很管用，船儿一下子变得很重，我就有可能赔掉好多钓索又丢了鱼。船儿轻延长了双方的痛苦，却是我的安全保险：它的速度能达到非常之快，虽然至今还没显露出来呢。不管接下来事情会怎样，我得把鲯鳅的肚肠掏出来，别让它坏掉；再吃点儿它的肉，添些力气。

我先歇上一个多钟头，等感觉到它安安稳稳的，再挪动回船尾去干这活儿，然后再决定加不加拖拽。这段时间我可以看看它的动静，看它有没有要变化的表示。用桨做拖拽是个好计策，但现在已经到了谨慎行事的时候。这鱼儿依旧汉子得很，我看见钓钩挂在它嘴角上，它却紧闭着嘴不张开。钓钩的酷刑算不上什么。饥饿的酷刑，再加上它对抗的是它不理解的对手，这才是最重要的。歇着吧，老头儿，让它去干活儿，下一回轮到你的时候再说。

他歇了一阵儿，自己估摸有两个钟头。月亮要到很晚才会升上来，现在他没有办法判断时间。他也并没有真得到休息，只是相对而言松快了一点儿而已。他的肩膀依然一直承受着鱼儿的拉力，但他将左手放在船头的舷边上，将对抗鱼儿的重负越来越多地托付给了小帆船本身。

假如把钓索系在船上，事情会变得多么简单哟，他心想。但鱼儿只要稍微一晃，就能将它挣断。我必须用身体垫着，缓冲钓索上的压力，并且时时刻刻准备着双手将钓索放出去。

“可你还未曾睡过觉呢，老家伙，”他大声说，“已经有半天一夜，再加今天一个白天，你没睡过觉了。你得想个办法，趁着它安静平稳，稍稍睡上一会儿。你要是一直不睡，脑子会糊涂的。”

我脑子够清楚的，他心想。太清楚啦。我像我的星星兄弟们一样清楚。但我仍旧得睡。星星睡觉，月亮和太阳也睡觉，就连海洋有时也睡觉，在没有湾流、波平风静的日子里。

别忘了睡觉，他心想。要强迫自己睡觉，并想出一个简单又稳妥的办法来处置钓索。现在回船尾去吧，把鲯鳅收拾停当。假如一定要睡，装上桨当拖拽就太危险啦。

他对自己说：我也可以这样一直不睡。不过那太危险啦。

他双手双膝着地，开始挪动回船尾去，小心翼翼地，避免猛一拽惊动了鱼儿。兴许它正半睡半醒着，他心想。可我不想让它歇着。它得一直拖着船，直到死去。

回到船尾后他转了个身，好用左手攥住紧绷绷勒在肩膀上的钓索，腾出右手将小刀抽出鞘来。这会儿星光明亮，他看鲯鳅看得很清楚。他将刀身攮入鱼头，将它从船尾下拖了出来。他一只脚踩住鱼，一刀从它的肛门下去，直剖到下颚的尖端。然后他放下刀子，把右手伸进去，将肚肠掏得干干净净，并把腮也全部去除。他感觉到鱼胃在手里沉甸甸、滑溜溜的，便将它剖了开来。里面有两条飞鱼，挺新鲜的，而且硬邦邦的。他把两条小鱼并排放下，将鱼肚肠和鱼鳃扔出了船尾。那一坨东西沉下去时，在水里留下了一缕磷光。这会儿在星光下，鲯鳅凉冰冰的，呈现出一种麻风病人似的灰白。老头儿用右脚踩住鱼头，剥去它一侧的皮；然后将它翻过来，剥去另一侧的皮；最后从鱼头到鱼尾，将两侧的鱼肉全割了下来。

他让鲯鳅的残骸从舷边滑下水去，并用眼睛望着，看它有没有在水里打漩儿。但只看到它慢慢沉下去时一路留下的磷光。于是他扭过头来，将两条飞鱼夹在长长的两片鱼肉中间，又将刀子插回鞘里。他慢慢地挪动回船头。钓索上的分量压得他脊背弯曲，收拾好的鱼拿在他的右手里。

回到船头之后，他将长长的两片鱼肉摊在船头板上，两条飞鱼则放在旁边。完事后他将勒在脊背上的钓索移了个新地方，重新改用左手攥住它，摁在船舷上。然后他将身子探出船舷外，在水里面清洗飞鱼，同时留意着海水扑过右手的速度。剥鱼皮时他的手沾上了磷光，他不住地望着海水扑过他的手。水流没那么强劲了。他在小帆船的外侧船板上蹭蹭手掌边，水面上随即浮起一粒粒细小的磷光，慢慢地向船尾漂去。

“它乏了，要不就是在休息，”老头儿说，“现在我要把吃鲯鳅这件事做完，然后歇一歇，稍微睡一会儿。”

夜在不断地变冷。在星光下，他吃下去半片鲯鳅肉，一整条掏去肚肠、切掉了鱼头的飞鱼。

“鲯鳅要是煮熟了吃，味道是极美的啊，”他说，“生吃味道就差得很了。下回不带上盐或者酸橙汁，我绝不出海。”

我要是有点儿脑子，就该在白天往船头上泼些水，这样海水一干就有盐了，他心想。话说回来，我是在太阳快落下去时才钓到鲯鳅的。但还是得怪我准备不足。不过我是把它嚼烂了吃下去的，不曾犯恶心。

东方的天空正在被云遮蔽起来，他熟识的那些星辰，一颗接一颗地消失了。现在他仿佛是在驶向一个云的大峡谷，风也停了。

“三四天后会有坏天气，”他说，“但今晚和明天不会。趁着鱼儿安静平稳，准备一下，睡上一觉，老家伙。”

他用右手紧紧地攥住钓索，然后用大腿抵住右手，将全身的分量压在了船头板上。之后，他将肩膀上的钓索稍稍往下移了一点儿，并用左手将它托住。

只要钓索被托着，我的右手就能把它攥住，他心想。假如睡着时钓索脱手了，往外跑，左手会把我弄醒的。右手要吃苦啦。不过它是受惯了虐待的。即使只能睡上二十分钟或半个钟头，也是好的。他向前趴下去，整个身子扣住钓索，用全身的分量压着右手，就这样睡着了。

他没有梦见狮子，而是梦见了好大一群海豚，铺出去有八到十英里；正逢它们的交配季节，它们高高地跃到空中，然后落下来，掉进跳起时所形成的那个水涡里。

接下来他梦见自己在村子里，躺在自己的床上，北风刮得很厉害，他非常冷。他的右胳膊失去知觉了，因为枕在他脑袋下面的是这条胳膊，不是枕头。

然后他开始梦见那一道长长的黄色海滩，他看见第一头狮子出现在薄暮中的海滩上，接着另外几头狮子也出现了。他的下巴支在船头板上，在轻轻拂向海面的晚风中，他干活儿的那只大船泊在那儿了。他在等着看是否会来更多的狮子，他很快乐。

月亮升上来很长一段时间了，可他仍睡着，在鱼儿平稳地拖拽下，小船漂移进了云的隧道。

右拳猝不及防地一抽，打在他脸上，把他打醒了。钓索正嗖嗖地滑出去，他的右手掌感觉像是被火烫了似的。这时他的左手木木的不听使唤，他只好竭尽所能用右手去扳，但钓索还是溜得很快。终于，他的左手抓到了钓索，他将身子向后仰去抵住它。现在，钓索是在烫他的脊背和左手了，他的左手承受着全部的拉力，刀割一般疼。他回过头去望望钓索卷儿，看见它们正利索地往外输送钓索。就在这个时候，鱼儿跃到了空中，在洋面上爆开一大片水浪，然后又重重地落了下去。它一次又一次地跳出水面，虽然钓索仍在疾疾地出溜，船却行得很快。老头儿将钓索绷到了快要断的临界点，就这样一次又一次地将它绷到了快要断的临界点。他被拽倒了，整个人被勒在船头上，脸埋在那一长条鲯鳅肉里，身子无法动弹。

我们等的就是这个，他心想。那我们就受着吧。

让它为钓索付出代价，他心想，让它付出代价。

他看不到鱼儿跳起的情形，只听见它破水而出时洋面上激荡起水浪的声音，和它落下时迸溅起大片水花的轰响。飞蹿的钓索刀子般割着他的手，他痛得厉害。不过他早知道会发生这种事，所以他尽量让钓索从长茧子的地方勒过去，不让它滑进掌心或者割到手指。

要是男孩儿在，他会把钓索卷儿润润湿的，他心想。没错。要是男孩儿在就好了。要是男孩儿在就好了。

钓索还在往外出溜着、出溜着、出溜着，但速度正在慢下来。他正在让鱼儿为每一英寸钓索付出代价。这会儿他已经从船头板上抬起头来，甩掉了被他的脸压烂的那片鱼肉。然后他由趴着变成跪着，接着慢慢地站了起来。他一直在将钓索放出去，不过越放越慢了。他费力地挪动着，回到他的脚能够碰到钓索卷儿，但眼睛看不到它们的地方。钓索还有很多，现在鱼儿得在水中拖拽着所有新放出去的钓索，承受其摩擦力了。

好啊，他心想。而且它已经跳了十好几下，贴着它脊骨的鳔里面充满了空气，它没法子沉到深水里去，死在底下叫我拉不上来了。很快它就会开始转圈儿，到时候我就要忙乎着收它了。不知道是什么事让它突然就沉不住气了呢？会不会是它饿得发急了，还是黑夜里有什么东西让它受了惊吓？兴许它突然感到害怕了。可它是那么沉着、那么健壮的一条鱼，看上去是那么的无畏和自信。真奇怪。

“你自己最好也要无畏和自信，老家伙，”他说，“它又被你牵住了，可你还不能收线。不过很快它就不得不转圈儿了。”

这会儿老头儿用左手和肩膀牵着它，弯下腰去，用右手去舀水，把粘在脸上的鲯鳅肉泥洗掉。他生怕那玩意儿让自己呕吐，耗损气力。把脸洗净后，他又将右手伸到船外的水里面洗了洗，然后就放在那咸水里浸着，同时眼睛望着日出前初现的第一道曙光。它几乎是在朝着正东而去，他心想。这意味着它乏了，在顺着湾流朝前游。很快它就得转圈儿了。到时候真正的活儿就开始啦。

过了一会儿，他断定右手浸在海水里的时间足够长了，便把它抽上来察看了一遍。

“不坏，”他说，“熬点儿痛对于男子汉来说不算一回事。”

他小心地攥着钓索，避免让它陷进刚勒出来的新伤口里；然后他移动了一下身体的重心，以便能把左手伸到小帆船另一侧的海水里。

“你这没用的东西，活儿干得还不坏，”他对左手说道，“但是有一会儿我简直找不到你。”

为什么我不是生来就有两只很棒的手呢？他心想。兴许是我自己的错，未曾好好训练另外一只。可是主做证，它有过足够多的学习机会呀。不过夜里它干得还不坏，只抽过一次筋。假如它再抽筋的话，就让钓索把它勒断算了。

这念头蹦出来的时候，他知道自己的头脑不怎么清楚了。他觉得自己应该再嚼一点儿鲯鳅肉下去。不行，他告诉自己说。宁肯脑袋发晕，也不能吃了呕吐，耗损了气力。我知道，就算我吃下去，在胃里面也是存不住的，因为我的脸曾经埋在里面。放在那儿应应急吧，放到坏掉为止。不过，现在想添些力气，靠补充营养已经太迟啦。你真蠢，他对自己说，吃掉另外一条飞鱼不就行了。

鱼就在那儿，洗干净了，现成的。他用左手拿起来，细细地嚼着，连骨头也嚼碎了，连同尾巴将整条鱼全吃了下去。

飞鱼的营养几乎比任何鱼都多，他心想。至少是我需要的，能添力气的那种。现在，能做的我都已经做了，他心想。让它开始转圈儿吧，开战吧。

太阳正在升起，这是他出海以来的第三次。就在这个时候，大鱼开始转圈儿了。

现在尚不能凭着钓索的斜度看出鱼儿在转圈儿。还没到时候。他只是感觉到钓索勒在背上的压力微微减轻了些。他开始缓缓地用右手拉它，可依然像先前一样，紧绷绷地拉不动。但就在拉到快要绷断的时候，钓索开始收得进来了。他从钓索下面脱出肩膀和脑袋，开始稳稳地、缓缓地收线。他的两只手交替摆动着，身体和双腿跟着动，用尽全力往回拉。他的老腿儿和肩膀随着摆动的节奏来回拧动着。

“这个圈儿很大，”他说，“但它总算在转圈儿啦。”不一会儿钓索又收不进来了，他攥着不动，直到看见钓索在阳光下迸出水珠儿来。然后钓索开始出溜，老头儿跪下来，很不情愿地松开些，看着收进来的钓索又回到了黑咕隆咚的海水里去。

“这会儿它转到圈子另一边去啦。”他说。我得尽量攥紧些，他心想。绷得紧，它转一次，圈儿就缩小一回。兴许过一个钟头我就能看见它啦。现在我得让它信服我，待会儿我得把它杀死。

但大鱼一直在慢慢地转圈儿，两个钟头过后，老头儿已经浑身汗湿，累得骨头也酸了。不过圈子现在已经小很多了，从钓索倾斜的角度，他看得出鱼儿一边游，一边在不断地浮上来。

老头儿看见眼前有黑点儿在晃动已有个把钟头了，汗水蜇疼了他的眼睛，也蜇疼了他眼睛上方和额头上的伤口。他并不担心那些黑点儿。拽着钓索的时候人很紧张，看见黑点儿是正常的。不过他已经有两次感到晕眩，要昏过去了，那倒是让他很担忧。

“我不能就这样背弃自己，死在一条鱼的手里，”他说，“既然我已经很漂亮地逼它上来了，求主帮助我忍耐下去吧。我会念一百遍‘我们在天上的父’和‘福哉玛利亚’。但我现在念不出来。”

就当念过了吧，他心想。过后我会念的。就在这个时候，他感觉到攥在两只手里的钓索突然被一撞、一拽。感觉猛烈，力道很大，撞得很重。

它在用剑嘴撞击接钩铁丝呢，他心想。那是一定会发生的事。它非那么干不可。这一撞可能会让它跳起来，我倒是宁肯它现在继续转圈儿。跳几下对它是必需的，它要吸进空气。但还有一条：每跳一下，钓钩在它嘴里扎的伤口就会豁开来一点儿，最后它就能把钓钩甩掉了。

“别跳啊，鱼儿，”他说，“别跳。”

鱼儿又撞了几下接钩铁丝，它每甩一下头，老头儿就放出一小段钓索。

我得控制好，别让它的疼痛扩大，他心想。我的疼痛不要紧。我能忍住。但它的疼痛能让它发狂。

没多久，鱼儿停止了对接钩铁丝的攻击，又开始慢慢地转圈儿。现在老头儿在稳稳地收着钓索。但他又感到晕眩了。他用左手舀了点儿海水浇在头上。然后他又浇了点儿，揉了揉脖梗子。

“我没抽筋，”他说，“很快它就会浮上来的，我撑得住。非撑住不可。这话都不用说。”

他用身子抵着船头跪下来，再次将钓索挪到脊背上扛了一会儿。现在它转到圈子另一边去了，我先歇一歇；等它转到这边来，我再起身忙乎着收它——这是他的决定。

在船头歇着，让鱼儿自己转一圈儿，不站起来收钓索，这是一个巨大的诱惑。但是当钓索上的力道显示鱼儿已转身向小船方向游来时，老头儿还是站了起来，开始做身体来回拧动和两手交替拉拽的动作。回来的钓索全是这样一点儿一点儿收进来的。

我从来不曾这样乏过，他心想。开始起贸易风了。不过带着鱼儿回去时有这风是好事。我急需这风呢。

“下个回合它转出去的时候，我还要歇一歇，”他说，“我感觉好多啦。这样子再转个两三圈儿，我就能逮住它了。”

他的草帽歪出去八丈远，挂到后脑勺上去了。他感觉到鱼儿已拐弯，就顺着钓索的拉拽，将身子塌下去靠在船头上。

鱼儿呀，你先自个儿忙着，他心想。等你往回转我再陪你。

浪头大了不少。不过这仍是海洋平静时的微风小浪，他回去时没这点儿风不行。

“我只要把船头对着西南就行了，”他说，“人在海上是绝不会迷路的，何况那是一个很长的岛①。”

鱼儿转到第三圈儿时，他才第一次看见它露头。

最初他看到的是水里面的一个黑影，好一会儿它才从船下面通过，他简直无法相信鱼儿的身体有那么长。

“不，”他说，“它不可能那么大个儿。”

但它就是那么大个儿。这一圈儿结束的时候，它在只有三十码开外的地方浮上了海面。老汉看见它的尾巴竖起在水面上，比大镰刀的刀片还要高，在深蓝色的大海上呈着很浅的淡紫色，向后斜指着。鱼身没在水中，紧贴水面游动着。老头儿看得见它的庞大躯干和标志性的紫色条纹。它的背鳍耷拉着，巨大的胸鳍扩展着。

这会儿它转过来的时候，老头儿已经看得见它的眼睛，还有在它周围游着的两条鱼崽儿了②。它们时而贴附在它身上，时而倏地窜到一旁，有时它们又在它的影子里悠然地游动着。两条小鱼各有三英尺多长，游得快时像海鳗一样整个身子甩来甩去。

老头儿在出汗，但并不全是太阳晒的，还有另外的原因。每次鱼儿平静安稳地拐回来时，他都在往回收钓索，现在他确

---

① 古巴是个狭长的岛国。

② 这并不表示它是一条雌鱼。原文称呼它用的是“he”，它是雄鱼。

信，大鱼再转两个圈儿，他就有机会将鱼叉捅进它的身体了。

但我必须把它拉近些，近些，再近些，他心想。不要捅它的脑袋，要捅它的心脏。

“下手时要镇定，要有力，老头儿。”他说。

又一圈儿转下来，鱼儿的脊背露出水面了，但它距离小船还是有点儿太远。再一圈儿下来，它仍然离得太远，不过它露出水面的部分又高了些。老头儿确信，再收进些钓索，就能将它拉到船边来了。

他早已将鱼叉备好。很轻的鱼叉拉绳盘好了放在一个圆筐里，绳子的另一头系牢在船头的缆柱上。

现在鱼儿正从圈子另一边回来，姿势镇定而优美，只有巨大的尾巴在动。老头儿用尽力气拉钓索，要把它拽近些。有那么片刻工夫，鱼儿侧转过来一点点。然后，它又摆直了身子，开始转下一圈儿。

“我拉动它了，”老头儿说，“刚才我拉动它了。”

这时他又头晕起来，但他仍尽其所能绷紧钓索，拉牢这条了不得的大鱼。我拉动它了，他心想。兴许这一回我能把它拉过来。拉呀，手，他心想。挺住，腿。为我撑下去，头。为我撑下去。你从来不曾垮掉过。这一回我要把它拉过来。

他拼上所有的心力，在鱼儿来到船边之前预备好，然后用尽全力去拉，可是鱼儿只偏过来一点儿，然后又摆直身子游开了。

“鱼儿呀，”老头儿说道，“鱼儿，你反正是非死不可的。非得把我也害死吗？”

这样下去是不成的，他心想。他的嘴巴已经干得说不出话来，可现在他无法腾出手去拿水瓶。这一回我一定要把它拽到船边来，他心想。再来多几个回合我可撑不住了。不，你撑得住，他对自己说。你永远撑得住。

下一个回合，他差一点儿就将它拉到了船边。可鱼儿又一次摆正身子，慢慢地游开了。

鱼儿呀，你要害死我啦，老头儿心想。不过你有这个权利。兄弟，我从来不曾见过一个生灵比你更了不起、更美、更镇定，或者更加高贵。来吧，弄死我。谁弄死谁都无所谓啦。

你脑子开始犯糊涂喽，他心想。你得一直头脑清楚才行。要一直头脑清楚，懂得怎样忍受痛苦，像个男子汉，或者像条鱼，他心想。

"清楚些哟，脑袋，"他用自己也听不大见的声音说道，"清楚些。"

接下来两个回合的情形也是一样。

老头儿已经到了临界点，每一回合都觉得自己马上就要垮掉了。我不懂了，他心想。我不懂了。但我要再试一回。

他又试了一回。当他把鱼儿拉转过来时，他觉得自己真的垮了。鱼儿又一次摆正身子，巨大的尾巴在空中摇晃着，慢慢地游开了。

我要再试一回，老头儿对自己应许道。其实，这时他的双手已经血肉模糊，眼睛也只能隐约看得清楚了。他又试了一回，结果还是一样。他感觉到自己不等再开始就已经要垮了，但他仍然心想：我还要再试一回。

他忍住所有的痛楚，积聚起所有剩余的力量和消逝已久的豪气，来对抗鱼儿的垂死挣扎。鱼儿过来了，来到他旁边，优雅地游动着，它的嘴几乎碰到了小帆船的船板。它开始从船边游过去，那么长，那么高，那么宽，银光闪闪的身体上点缀着紫色的条纹，在海水里大得仿佛无止境似的。

老头儿放下钓索，用脚踩住，将鱼叉举到最高，用尽所有的力气，加上刚积聚起的力量，对着鱼儿的侧腹直捅下去。鱼叉捅在了距离胸鳍下面一点点的地方。那巨大的胸鳍高高地挺在空中，与老汉的胸部平齐。他感觉到那铁器捅了进去，便将身体顶上去，往深里捅，然后把全身的分量压上去，朝里推。

这时的鱼儿，在垂死之际，却一下子变得活力无限，它高高地跃出水面，整个儿将它那了不起的长度和宽度，将它全部的力和美，展示了出来。它仿佛悬在了空中，悬在小帆船的上方，悬在老头儿的头顶上。然后，它轰的一声掉进水里，激起的浪花溅了老头儿一身，溅得满船都是。

老头儿感到头晕恶心，眼睛也看不清楚。但他还是放光了鱼叉拉绳，让它慢慢地从两只皮开肉绽的手中间跑了出去。等到他眼睛能看见的时候，鱼儿已经是翻着银色的肚皮，仰躺在水面上了。鱼叉柄露在外面，跟鱼肩形成一个角度；鱼心里面流出来的血，将海水染成了殷红色。起初，那一团血黑乎乎的，像是一英里多深的海水里的一片浅滩；然后，它像一片云彩一样弥漫开来。鱼儿呈着银白色，静静地随着波浪浮动颠簸着。

老头儿用模模糊糊的视力仔细看了一眼。然后他将鱼叉拉绳在船头的缆柱上绕了两圈，用双手捂住了脸。

“让我的头脑一直清楚吧，”他靠在船头板上，说道，“我是一个疲乏了的老头儿。但我杀死了这条鱼，它是我的兄弟。现在我必须要做苦工了。”

现在我得准备好套索和绳子，把它绑在船边，他心想。就算现在有两个人，把船淹在水里装它，然后把船里面的水舀干，这小帆船也绝对盛不下它。我得把每样东西准备好，然后把它拖过来绑结实，再把桅杆竖在座子上，挂起帆回家。

他开始动手将鱼儿拖过来。得把它拖到船边，将绳子从鱼鳃穿进去，再从鱼嘴里拉出来，将鱼头绑紧在船头旁边。他在心里说：我想看看它，碰碰它，摸摸它。它是我的财产啊，他心想，但这并不是我希望摸摸它的原因。我觉着我捅到它的心脏了，他心想，在我第二次推鱼叉柄的时候。现在就把它拖过来，绑好。用一个套索拴住鱼尾巴，另一个拴住鱼腰，那样就能把它绑牢在小帆船上了。

“动手干活儿吧，老家伙，”他说，抿了一小口水，“仗打完，就有许多苦工要做喽。”

他抬头望望天，然后又望望不远处的鱼。他仔细地看看太阳。晌午才过去没多少时候，他心想。贸易风起来啦。这些钓索现在全都没用处了。回家后男孩儿和我会把它们捻接①起来的。

---

① 钓索一类的精细索具不宜简单地用打结的方法来连接，而是要捻接，即将两段绳索的末端松开，用编结的方法联结在一起。

“过来吧，鱼儿。”他说。但鱼儿不肯过来，而是躺在那里，在海浪上颠簸着。老头儿操起桨，将小帆船划了过去。

他挨着鱼儿停下，将船头靠着鱼头。此刻他真不敢相信，它的个儿居然这么大。他只管将鱼叉拉绳从缆柱上解下来，从鱼鳃穿进去，从鱼嘴里拉出来，在它的长上颚上面绕了一圈，再穿进它另一边的腮，拉出来又在长上颚上面绕了一圈，接着将双股绳子打个结，拴牢在船头的缆柱上。然后他割断绳子，走到船尾，套住鱼儿的尾巴。这时鱼儿已从原先的银白加紫色变成了纯银白色；那些条纹也变得跟鱼尾一样，呈着淡淡的紫罗兰色，它们比人的手张开五指还要宽。鱼儿的眼神看上去那么超然，如同潜望镜里的镜子，或者迎圣行列里的圣徒像。

“这是杀死它的唯一办法。”老头儿说。喝过水以后，他的感觉在渐渐地变好。他知道自己不会垮了，他的脑子也清楚了。看样子它要超过一千五百磅呢，他心想。兴许还会超出很多。假如去掉下水剩三分之二的肉，每磅三毛，该是多少？

“得拿支铅笔才算得出来，”他说，“我的头脑还没清楚到这份儿上呢。不过，想来大将迪马吉奥会为我今天的事感到骄傲的。我没长骨刺。但两只手和脊背可真痛啊。”不知道骨刺是个什么东西，他心想。兴许我们也长着骨刺，只是自己不知道而已。

他将鱼儿绑牢在船头、船尾和中间的横座板上。它的个儿太大，活像绑在小船旁边的另一只大得多的小帆船。他割下一段钓索，将鱼儿的下颚绑在它的长上颚上，让它的嘴张不开，这样船儿行驶起来可以尽量利索些。然后他将桅杆在座子上竖起，拿钓鱼竿当桁梁装上，又装好下桁，将带补丁的帆拉了上去。船开始移行，他半躺在船尾，向西南方驶去。

他不需要指南针告诉他西南是哪个方向。他只需要感觉到贸易风，感觉到帆的牵动。最好还是放一根带匙子①的细钓索下去，弄点儿东西吃，弄点儿带汁水的润润嘴。但他找不到匙子，沙丁鱼也已经臭了。于是，当船儿从黄色马尾藻旁边经过时，他用钩鱼竿钩了一块上来，抖一抖，上面的小虾便掉落在了小帆船的船板上。有十好几只，跳着蹦着，弹着身子，像沙蚤。老头儿用大拇指和食指掐去虾头，将虾壳和尾巴嚼碎，一起吃了下去。虽然是一点点小的虾，味道却不错，他知道它们很有营养。

瓶子里的水仍未喝光，还有两口；老头儿吃过虾后，喝掉了半口。应该说小帆船走得挺好：得考虑到它旁边还有个累赘。老头儿将舵柄夹在腋下驾着船。他看得见鱼儿就在身旁；他只需看一眼自己的手，将背抵在船尾上感觉一下，就知道这一切真的发生过，并不是一场梦。曾有一段时间，在事情快要结束的时候，他感觉非常坏，觉得那也许就是一场梦。后来看见鱼儿从水里出来，落下来前悬在空中一动不动，他又确信其中有奥妙，不敢相信是真的。虽然这会儿他像平常一样能看清楚了，但当时他的眼睛是看不清楚的。

现在他知道了鱼儿确实存在，他的手和脊背也不是梦中之物。手上的伤好起来很快的，他心想。我把血放干净了，咸水

---

① 这里指的是一种匙状假饵。

会治好它们的。这黑咕隆咚的水，纯正的海湾里的水，是天底下最了不起的良药。我要做的就是让头脑一直清楚。这两只手已经干完了它们的活儿，船也航行得挺好。它闭着嘴，尾巴一上一下竖得很直，我们就像兄弟一样行着船。现在他的头脑又有些不清楚了。他心想：是它在带我回家呢，还是我在带它回家？假如我把它拖在船后面，那就不用问了。假如鱼儿在小帆船里面，丢光了全部的颜面，那也不用问。但他们是并排拴在一起乘风前行的，老头儿心想：如果它高兴，就让它带我回家吧。我强过它的地方只在于会用计谋，它对我并没有恶意。

他们一帆风顺地前行着，老头儿将手浸在咸水里，想让自己的头脑一直清楚下去。天上堆着很高的积云，再上面还有不少卷云，所以老头儿知道这温和的风会吹上一整夜。老头儿不断地转过脸去看鱼儿，好让自己放心，它是真实的。这时候离第一条鲨鱼攻击它还有一个钟头。

鲨鱼的出现不是偶然。它是从下面的深水里上来的，因为那一团黑乎乎的鱼血沉到一英里深的地方，扩散开了。它迅速地、毫无顾忌地蹿上来，破开蓝色的水面，来到阳光下。然后它又钻回水里，嗅出血腥味儿的踪迹，循着它，一路追着小帆船和鱼儿游了过来。

它有时迷失了血腥味儿的踪迹，但又会重新嗅出来，或者只找到一丝影踪，然后就飞快地游动着，沿他们驶过的路线紧跟上来。这是一条非常大的灰鲭鲨，生就一副好体格，能追上海里面游得最快的鱼，而且它除了颚部，身上的每一部分都很美。它的背部像旗鱼①一般蓝，腹部是银色的，一身的皮光滑又漂亮。除了巨大的颚部外，它的体型也很像旗鱼。现在它游得很快，两颚是闭合着的。它紧贴在水面下游着，高高的背鳍像刀子一般从水面上划过，丝毫不晃动。在它闭合着的颚唇里面，八排牙齿全是朝内倾斜的。它的牙齿跟大多数鲨鱼不一样，不是普通的角锥形，而是状如爪子般拳曲起来的人指头，差不多跟老头儿的手指一般长，两侧都锋利得像剃刀一般。这种鱼②生来就是拿海里面的所有鱼儿当果腹之物的。它们速度快、力气大、武器厉害，在大海里面没有天敌。这条灰鲭鲨嗅到了新流出的鱼血的气味，此刻正在加快速度，它的蓝色背鳍正破开水面而来。

老头儿一看见它，就明白了这是一条无所畏惧、只知道为所欲为的鲨鱼。他备好鱼叉，一边望着鲨鱼过来，一边将拉绳系好。绳子短了，少了他割下来绑鱼的那几截。

现在老头儿的头脑是清楚的、好使的，他决心如铁，但希望渺茫。事情太好就不长久啊，他心想。他盯着逼近的鲨鱼，望了一眼大鱼。还不如一场梦呢，他心想。我没法子不让它发起攻击，但兴许我能逮住它。登图索③，他心想，咒你妈倒八辈子霉。

---

① 旗鱼的颜色和形状都很漂亮，常被制成标本当作室内装饰品。

② 其实鲨鱼并不是鱼类，而是海里面的哺乳动物，鲸鱼也是哺乳动物。

③ 原文为“Dentuso”，加利西亚语，意思是“牙齿锋利的”，也是对灰鲭鲨的俗称。古巴曾是西班牙的殖民地，古巴人多为西班牙移民的后代，加利西亚语又是西班牙官方语言之一。

鲨鱼很快就靠近了船尾，它攻击鱼儿的时候，老头儿看见了它张开的嘴和奇特的眼睛，看见它挺进鱼尾巴前面一点点的肉里面时，牙齿咬得咔咔的响。鲨鱼的头已经露出水面，它的脊背也正在露出来。老头儿能听见大鱼的皮肉被撕裂的声音，这时他手里的鱼叉向鲨鱼脑袋猛地捅了下去，正捅在它两只眼睛的连线和鼻子向后的垂线的交叉点上。当然，这两条线实际上并不存在。能看到的只有一个沉重的尖脑袋、两只大眼睛和一副具有强大推进力的、吞噬一切的巨颚。而那个点正是它脑子的所在，老头儿拼上全身的力气，用一双血糊糊的手，将一柄上好的鱼叉对准那个点捅了下去。他捅它的时候心里面并不存希望，但下手非常坚决、十分恶毒。

鲨鱼来了个翻转，老头儿看见它的眼睛里已没了生气；然后它又来了个翻转，在自己身上缠了两道鱼叉拉绳。老头儿知道它已经死了，但鲨鱼不接受这一点。接下来，它肚皮朝天，尾巴甩动着，上下颚咔咔地打着架，像一条快艇一样在水面上犁出了一道痕。它的尾巴所过之处，海水被搅得泛了白，拉绳一绷紧，它的身体有四分之三出了水，接着拉绳颤抖了几下，啪地一下断了。老头儿望着鲨鱼在水面上静静地躺了一会儿，然后慢慢地沉了下去。

“它扯去了大约四十磅。”老头儿大声说。它还带走了我的鱼叉和全部的拉绳，他心想，现在我的鱼儿又在淌血了，还会再来鲨鱼的。

他不愿意再望鱼儿一眼，因为它已经残缺不全了。刚才鱼儿被咬的时候，就好像咬在他自己身上一样。

鲨鱼攻击我的鱼儿，但鲨鱼也被我杀死了，他心想。它是我平生见到过的最大的登图索。主做证，我不是没见识过大鲨鱼的人。事情太好就不长久啊，他心想。这会儿我真希望这是一场梦，希望我从来不曾钓到过这条鱼，而是一个人躺在床上面的报纸上。

“但人并不是生来就要吃败仗的，”他说，“一个人可以被消灭，但不可以被打败。”不过，杀死这条大鱼我觉得很过意不去，他心想。现在坏时辰正在到来，我却连鱼叉也没有了。登图索凶残、厉害、力气大而且聪明。但我比它更聪明。兴许说不上，他心想，兴许我只是武器比它的好。

“别去想啦，老家伙，”他大声说，“顺着这条航线行你的船吧，事情来了就承担下来。”

但要我不去想我办不到，他心想。因为我只剩下这个啦。这个，加上棒球赛。不知道大将迪马吉奥会不会喜欢我捅鲨鱼脑子这个办法？这不是什么大不了的事，他心想。人人都做得到。不过你是不是觉得，我这双手像骨刺一样，是个巨大的不利条件呢？我没办法知道。我的脚后跟从来不曾出过毛病，除了我游水时踩到海鳐鱼那一回。我的脚后跟被它蜇了一下，小腿麻木了，痛得简直要承受不住。

“想些开心的事情吧，老家伙，”他说，“现在你分分钟离家越来越近了。丢了四十磅，航行起来更轻快些。”

他十分清楚，船行到湾流的内部时可能会出什么花样。但现在什么办法也没有了。

“不，有了，”他大声说，“我可以把刀子绑在一支桨的把手上。”

于是他将舵柄夹在腋下，用脚踩住帆脚索，做好了这件事。

“行啦，”他说，“我依旧是个老头儿，但已不是赤手空拳喽。”

这会儿风变得强劲了些，船行得很顺。他望着鱼儿，只看它的上半身，心里面恢复了一点儿希望。

不抱希望是愚行，他心想。而且我觉得那也是一宗罪。别去想罪不罪的啦，他心想。不谈这个罪事情就已经够麻烦的了。而且那种事我也弄不明白。

那种事我不明白，也拿不准信与不信。也许杀死这鱼儿就是一宗罪。我估摸着，就算我是为了活命，并且鱼肉能喂饱许多人，这也还是罪过。但这样一来就样样都是罪了。别去想罪不罪的啦，现在想已经太晚喽。再说，还专门有人领薪水干那一行①的呢。让他们去想吧。你生来就是个渔夫，鱼生来就是鱼。圣彼得是个渔夫②，大将迪马吉奥他爹也是。

但老头儿喜欢去想所有跟自己相关的事。船上没有报纸可看，他又没有收音机，所以就会去想很多事情，而且老是想到罪的问题。你杀死这条鱼不只是为了活命，换钱买吃的，他心想。你杀死它是为了自尊心，而且因为你是个渔夫。它活着的时候你爱它，它死后你还是爱它。假如你爱它，杀死它就不是

① 这里指的是神职人员。

② 圣彼得是耶稣十二使徒之一，一般认为是十二使徒之首，本是渔夫，后听耶稣布道并亲见神迹，跟随了耶稣。

一宗罪。要不就是更有罪?

“你想得太多啦，老家伙。”他大声说。

但杀死登图索你心里面是很舒服的，他心想。它像你一样，靠鱼活命。它不是食腐动物，也不像有的鲨鱼那样，只是个活动的胃口。它很美、很高贵，而且无所畏惧。

“我杀死它是自卫，”老头儿大声说，“而且干得很漂亮。”

再说，其实天底下的生灵都在杀死别的生灵，他心想。捕鱼让我活命，也在让我送命。男孩儿是让我活命的，他心想。我不必太过欺骗自己。

他把身子探出船舷，从鲨鱼咬过的地方撕下一块肉。他嚼着，留意到了这鱼的肉质和好味道。它很结实，又鲜嫩，像牲口的肉，但不是红色的。肉里面没有筋，他知道这在市场上会卖出最高的价钱。但是他没办法阻止它的气味在水里面扩散开来，老头儿知道，很坏的坏时辰就要来了。

风很平稳。风向变了，有点儿偏东北，他知道这意味着风不会停息。老头儿向前方望去，不见帆影，也看不到轮船的船体或冒出来的烟。只有飞鱼从船头跃起，在两边沾着水面窜出去。还有就是一片一片黄色的马尾藻。他连一只鸟儿也看不见。

船行了两个钟头，他一直在船尾歇着，有时从马林鱼身上撕一点儿肉下来嚼嚼。他要让自己得到休息，攒些力气。就在这个时候，他看见了两条鲨鱼中先出现的一条。“唉伊。”他大声说。这个词儿是无法翻译的，也许就是一声怪叫，好比一个人感觉到钉子穿透手掌钻进木头时，会不由自主发出的那种叫声。

“加拉诺①。”他大声说。这时他已看见第二道背鳍跟随在第一道背鳍后面过来了。凭着褐色的三角形鳍和扫来扫去的尾巴动作，他认出那是两条双髻鲨②。它们嗅到了血腥味儿，兴奋起来，又因为极度饥饿而迟钝，在兴奋中一会儿迷失气味的踪迹，一会儿又重新嗅出来。但它们始终在逼近。

老头儿系好帆脚索，将舵柄卡住。接着，他操起那支绑了刀子的桨。他尽可能轻地将它举起来，因为他的两只手已疼得不听使唤了。然后他张开手，又轻轻地合上，以让手松弛一下。现在他将双手握牢了，让它们吃住疼痛不再畏缩，同时眼睛盯着游过来的鲨鱼。他已经能看见它们那宽而扁平、像铲子一样突起的脑袋，还有那尖端呈白色的宽胸鳍。这种鲨鱼令人厌恶，气味难闻，既是食腐动物又是杀手，饿的时候连船儿的桨和舵也会咬。正是这种鲨鱼，会趁着海龟躺在水面上睡着时，咬去它们的腿和鳍肢③。饥饿的时候，它们会攻击下到水里的人，即使人身上并没有鱼的血腥味儿或鱼的黏液。

“唉伊，”老头儿说，“加拉诺。来吧，加拉诺。”

它们来了。但它们的来势不同于灰鲭鲨。一条双髻鲨转了个身，钻到小帆船底下不见了；老头儿感觉得到小帆船在晃，那是它咬住了鱼儿，在拖扯。另一条用裂缝似的黄眼睛望着老

---

① 原文为“Galanos”，加利西亚语，意思是“豪侠”，也是双髻鲨的俗称。“Galanos”是复数形式，如下文所说，老人这时已看见了第二条。

② 也因其头宽而扁平，呈锤形或铲形，被称为锤头鲨。

③ 其实对于海龟来说，腿和鳍肢是同一概念，但显然作者将海龟拟人化了，将它们的后鳍肢称为腿。

头儿，然后飞快地游过来，大张着半圆形的颚向鱼儿被咬过的地方发起了攻击。在它的褐色头顶和背上，清晰地显现出一条纹线，那是它的脑子和脊髓的连接处。老头儿对准那个接合点，将绑在桨上的刀子捅了进去，又拔出来，捅进鲨鱼那猫眼儿似的黄眼睛里。鲨鱼松开嘴，从鱼儿身上往下滑，临死还把咬到嘴里的肉吞了下去。

小帆船仍然在晃，另一条鲨鱼正在糟蹋大鱼。老头儿松开帆脚索，让小帆船侧转过去，暴露出船底下的鲨鱼。他一看见鲨鱼，就将身子探出船舷外，对着它猛戳。他只戳到了肉上，鲨鱼的皮生得坚韧，刀子几乎戳不透。这一戳不但震痛了手，连肩膀也震得生疼。但是鲨鱼迅速地浮上来，露出了脑袋。当它的鼻子探出水面冲着鱼儿的时候，老头儿一桨下去，正中它扁平的头顶中央。老头儿拔出刀，照着同一个地方又捅了一下。它仍旧用两颚夹住鱼，吊着不放。老头儿戳它的左眼。但鲨鱼仍旧吊在那儿。

“还不放?”老头儿一边说，一边将刀刃搡进它的脊椎骨和脑子之间。这一搡很容易就搡了进去，他感觉到里面的软骨断了。老头儿把桨退出来，将刀刃插进鲨鱼的两颚中间，想撬开它的嘴。他将刀刃一拧，鲨鱼松开嘴，滑了下去。他说道：“去吧，加拉诺，滑落到一英里深的地方去。去见你的朋友，或许它是你妈呢。”

老头儿擦干净刀刃，放下了桨。然后他收拾好帆脚索，鼓起风帆，驾着小帆船回到了原先的航线上。

“它们肯定咬去了鱼儿的四分之一，还是最好的肉，”他大声说，“真希望这是一场梦，希望我从来不曾钓到过这条鱼。我很过意不去哟，鱼儿。这一下事情全盘都错啦。”他打住不说了，也不想再看鱼儿一眼。它已经流尽了血，被海水冲刷着，颜色像镜子的银色敷层，但身上的条纹仍然能看得出来。

“我不该出来这么远的，鱼儿，”他说，“为了你为了我，都不该。我很过意不去，鱼儿。”

行啦，他对自己说，去看一下刀子上的绑绳吧，看看有没有被割断。然后把你的手归整归整，待会儿还会再来鲨鱼的。

“能有块石头磨磨刀就好了，”老头儿检查完桨把手上的绑绳，说道，“我该带一块出来的。”有好多东西你该带出来的呢，他心想。可是你一样也没带，老家伙。现在不是想着缺什么的时候。想一想，靠着现有的家什，你能干些什么吧。

“你给我出了许多好主意，”他大声说，“我听厌烦啦。”他将舵柄夹在腋下，双手浸在海水里，任凭小帆船向前驶去。

“主做证，最后一条咬去了好多，”他说，“不过现在船儿轻多啦。”他不愿意去想鱼儿残缺不全的下腹部。他知道，鲨鱼每撞上去猝然一动，都有鱼肉被撕去；现在，鱼儿给所有的鲨鱼拖曳出了一道踪迹，宽得像海面上的一条通衢大道。

这条鱼能养活一个人一整个冬天，他心想。别去想啦。且歇一歇，让你的手好好儿的，还要保护剩下的鱼呢。现在海水里面那么多气味，我手上这点儿血腥味儿也就无所谓啦。再说这两只手出血也不多，被割破的地方都不是要害部位。而且出点儿血还可以让左手不抽筋呢。

还有什么事好让我想一想呢？他心想。没了。什么也别去想，等着下一批鲨鱼吧。真希望这其实是一场梦，他心想。但是谁知道呢？说不定到最后结局还不坏。

下一个鲨鱼来客是一条独行的双髻鲨。它的来势就像是一头猪奔向猪食槽，假如猪嘴有它那么宽，你的脑袋伸得进去的话。老头儿先让它向鱼儿发起攻击，然后将绑在桨上的刀子往下一扎，搡进了它的脑子。但鲨鱼滚落下去时猝然往后一扭，刀刃啪地一下被撅断了。

老头儿定下神来掌着舵。对那条大鲨鱼他连看也不看一眼，它正在水里面慢慢地沉下去，最初是原先那么大，然后渐渐变小，最后成了一丁点儿。这种情景老头儿一向是看得入迷的，但现在他连看也不看一眼。

“我还有钩鱼竿，”他说，“但那东西不管用。我还有两支桨、舵柄和短棍。”

这一下它们把我打败了，他心想。我太老了，没力气揍死鲨鱼了。但只要我还有桨，还有短棍和舵柄，我就要揍它们。

他再一次将两只手放到海水里浸着。已经到了下午很晚的时候，目力所及，除了大海和天空，别无一物。天上来了比先前更多的风，他希望不久就能看到陆地。

“你乏了，老家伙，”他说，“你心里面已经乏了。”

直到日落时分，才又有鲨鱼上来发起攻击。

老头儿看见褐色的鳍过来了。鱼儿必定在水里面留下了很宽的一道气味踪迹，它们就循着它跟了上来。

它们甚至都没在搜寻血腥味儿。它们并排游着，直向小帆船而来。他将舵柄卡住，系好帆脚索，手伸到船尾下面去摸索短棍。那棍子原是从一支破桨上锯下来的桨柄，长度大约有两英尺半。桨柄上有个把手①，只有一只手握着用起来才顺手，他就用右手牢牢地握住它，五指扣紧，眼睛盯着鲨鱼游过来。两条都是“加拉诺”。

我得让第一条咬紧了鱼，再揍它的鼻子尖儿，或者横过来拍它的头顶，他心想。

两条鲨鱼一起来到了近前。他看见离他最近的那条张开两颚，牙齿陷进了鱼儿银色的侧腹，便高高地举起棍子，重重地砸下去，砰的一声拍在鲨鱼那宽大的脑袋的顶部。这一棍子下去，他感觉好像揍到了结实的橡皮，又好像敲在刚硬的骨头上。鲨鱼从大鱼身上往下滑，他又狠狠地一棍子下去，揍在它的鼻尖儿上。

另一条鲨鱼刚才一直游过来又游开，这时它大张着两颚再一次游了过来。它撞到鱼身上并合上两颚时，老头儿能看见从它嘴角漏出来的白花花的鱼肉。他抡起棍子揍下去，却只击中了它的头。鲨鱼看他一眼，将咬住的肉拧了下来。它正要溜到一旁将肉吞下去，老头儿又抡起棍子揍下去，却只击中了它皮糙肉厚的橡皮似的身子。

“来吧，加拉诺，”老头儿说，“再过来呀。”

鲨鱼冲了上来，老头儿在它合上两颚时给了它一棍子。他

---

① 这种桨的桨柄末端细一圈儿，便于用手抓握。

将棍子举得不能再高，结结实实揍了它一下。这一回他感觉击中了它的后脑勺，就照着同一个地方又给了它一棍子。鲨鱼呆滞地撕下鱼肉，从鱼儿身上滑落下去。

老头儿守望着，防它再来，但是两条鲨鱼一条也没再露面。后来他看见其中一条在海面上打转，但没见到另一条的鳍再次露出水面。

我不能指望杀死它们了，他心想。从前我正当年的时候还能行。不过两条鲨鱼都被我揍了个重伤，哪一条也不会觉得很好受。假如我能两只手操一根棒球棒，准能把第一条给揍死。就算是现在也能行，他心想。

他不愿意再看鱼儿一眼。他知道它的半个身子已经被咬烂了。刚才他跟鲨鱼搏斗的时候，太阳已经落下去了。

“很快天就要黑了，”他说，“到时候我就会看见哈瓦那的灯火了。假如我往东偏得太远，那些新海滩的灯火也总有一片我会看见的。”

现在离陆地不会太远了，他心想。希望没有人太过担心。只是那男孩儿，他一定很担心。但我敢肯定，他会有信心的。许多年纪大些的渔夫也会担心。另外还有许多人，他心想。我住在一个好镇子①上啊。

他不能再跟鱼儿说话了，因为鱼儿已经被糟蹋得不成样子

① 前文中一直称老人居住的地方是村子，从这里开始称作镇子。这并不矛盾。有渔业加工，有酒馆，有旅游业，但又贫穷落后，可说是大渔村，小镇子。

了。这时，他脑子里冒出一个念头。

“半条的鱼啊，”他说，“你原是整条的鱼。真过意不去，我跑出来太远啦。我把我们两个都毁了。但你和我，我们俩杀死了许多鲨鱼，另外还弄残了不少。你杀死过多少鱼啊，老鱼儿？你头上那个剑嘴可不是个摆设。”

他喜欢想着大鱼，想它若是在自由地游动，有可能会对一条鲨鱼做出什么事情。我该把它的剑嘴砍下来，拿它去跟鲨鱼斗，他心想。但船上没有手斧①，后来刀子也没了。

不过要是把它砍下来绑在桨柄上，该是多好的一件武器呀。那样我们就可以一起跟它们斗啦。假如现在它们趁着黑夜过来，你会怎么办呢？你有什么法子对付它们吗？

“跟它们斗，”他说，“我会跟它们斗到死。”

但此刻一片黑暗，没有红光映在天边，也不见远处有灯火，只有风和不断牵引着船儿前行的风帆，他置身于其中，不由得疑心自己已经死了。他将双手合在一起，手掌之间是有感觉的。它们没有死，他只要将两只手一张一合，便能唤起生命的痛楚。他将脊背靠在船尾上，知道自己并没有死。他的肩膀告诉了他。

我许过愿，假如逮到这条鱼，就念所有那些祈祷文的，他心想。可现在我太累啦，念不动。我还是把粗布口袋拿来披在肩膀上吧。

他躺在船尾，一边掌舵一边瞭望着，期待天边有红光映

---

① 较普通斧头尺寸小些，便于携带，甚至可以藏于袖中。

现。我还有半条鱼，他心想。也许我会有运气把鱼儿的上半身带回去。我该有点儿运气啦。不，他说，你跑出来太远，把运气给冲了。

“别傻啦，”他大声说，“撑住别睡着，掌好舵。兴许将来你还有不少运气呢。”

“要是运气有地方买的话，我倒很想买一点儿。”他说。

我拿什么去买呢？他问自己。拿一柄丢了的鱼叉、一把断了的刀子和两只受伤的手？

“兴许能行，”他说，“你曾经用海上的八十四天去买，人家也差一点儿就卖给了你①。”

不要胡思乱想啦，他心想。运气这东西，来的时候长着许多不同的模样，谁认得出来呢？可是不管什么模样，给我来点儿吧，无论要我拿什么来换，我都给。我希望能看见灯火映在天边的红光，他心想。我希望的东西太多啦。但此刻我希望的就是这个。他挪动了一下，想让自己掌舵时舒服些，挪动时身体的疼痛告诉他：他还活着。

他看见灯火映在天边的红光，大约是在晚上十点钟的时候。最初只是依稀可辨，仿佛月亮升起前天边的微光。过了一阵儿，风大起来，海浪变得汹涌了；这时隔着大海望过去，那片红光也已经变得清晰明亮。他已经驶进了红光里面，他心

---

① 这里对应的是老人前面的一句话：八十五是个吉利数字。故事开始时老人就有个强烈的愿望，希望以往八十四天的坏运气能换来第八十五天的好运。

想：快了，很快就要到达湾流的边缘了。

现在一切都过去了，他心想。它们有可能再对我发起攻击。不过，在黑夜里，没有武器，一个人拿什么去对付它们呢？

这会儿他身体发僵，酸疼难受。夜间寒气袭人，他身上的伤口和所有拉伤的部位都在作痛。希望不必再斗了，他心想。我是多么希望不必再斗了哟。

但午夜时分他又斗了一场。这一回他知道，斗也是枉然了。它们是成群而来的，他只看得见它们的鳍在水里面划出的一道道线，和它们扑到鱼身上时搅起的磷光。他举棍朝那些脑袋揍去，耳中只听得鲨鱼颚咬切的咔哧声，还有它们从船底下咬住鱼时小帆船震动的声音。他对着那些他只能够感觉到或听得见动静的地方，不顾一切地揍过去，然后他感觉到有个东西攫住了棍子，棍子就此脱手了。

他猛地从舵上拽下舵柄，双手握住，抡起来就砍、就劈，一下又一下地往下砸。但此时它们已涌向船头，一条接一条地，有时一窝蜂地上去撕咬，拖走一块块在水里面发亮的鱼肉，然后又返身再一次扑上来。

终于，一条鲨鱼直奔鱼头而来，他知道一切都完了。他抡起舵柄，照着鲨鱼脑袋劈了下去。鲨鱼的两颚正卡在厚重的鱼头上，那是咬不动的。他就照着鲨鱼劈下去，一下、两下、再一下。他听见舵柄折裂了，就用剩下的柄桩子向鲨鱼戳去。他感觉到戳了进去，知道柄桩子很尖，就再次将它搡了进去。鲨鱼松开嘴巴，翻滚着离去了。那是来袭的一群鲨鱼中的最后一条。已经没有什么可以让它们吃了。

这时老头儿已经上气不接下气了。他感觉到嘴里有股怪味儿，带着铜腥气，甜丝丝的。有一会儿他有点儿害怕。但还好，味儿不重。

他朝海里面啐了一口，说道："给你们吃，加拉诺。做梦去吧，梦见你们杀死了个人。"

他知道现在自己终于被打败了，而且无法挽回。他回到船尾，发现舵柄有断茬的那一头仍能安进舵的槽孔里，可以照用不误。他将粗布口袋围在肩头，驾起小帆船，沿原先的航线向前驶去。现在船行得很轻快，他心里面没有了任何想法或感觉。他超脱了，驾着小帆船只想尽可能理智地好好儿驶回本镇的港口。夜里有鲨鱼来啃鱼儿的残骸，就好比有人来捡食餐桌上的面包屑一样。老头儿不理睬它们，除了掌好舵以外，他什么也不关心。他只注意到小帆船现在行驶得多么轻快、多么顺当，船边已经没有极沉重的分量坠着了。

船儿好好的，他心想。完好无损，只除了舵柄。换个新的很容易。

他感觉得到已经行驶在湾流上了。现在已经能看见海岸线一带居民区的灯火了。他知道自己现在的位置，回到家已不算一回事了。

不管怎样，风是我们的朋友，他在心里面说。然后又加上一句：有时候。还有大海，海里有我们的朋友，也有我们的敌人。还有床，他心想。床是我的朋友。只有床，他心想。床会成为一件了不起的东西。一旦被打败，人就轻松了，他心想。想不到会这么轻松。是什么打败你的呢？他心想。

“什么也不是，”他大声说，“我跑出来太远啦。”

船驶进小海港的时候，台子廊屋的灯光已经熄灭，他知道所有的人都已进入了梦乡。风力一直在增强，现在风已经刮得很猛了。不过海港里面一片寂静。他把船驶上了岩壁下那一小片砂石滩。没人帮他，他只好尽可能把船驶上去一点儿。然后他从船上下来，将缆绳拴紧在一块大石头上。

他拔下桅杆，将船帆卷起，系好。然后他把桅杆扛在肩上，一步一步往上走去。这时候他才知道自己疲乏到了什么程度。他停住片刻，回头望去，借着街灯在水面上的反光，看见鱼儿那巨大的尾巴竖起在小帆船的船尾后边。他看见鱼脊骨光溜溜、白森森的一条线，鱼头黑乎乎的一大团和伸着的一张剑嘴，头尾之间什么都没有。

他继续往上走去，到顶上时他摔倒了。他在地上躺了一会儿，桅杆横在肩上。他挣扎着想爬起来，但是太困难了。他就坐在那儿望着路，桅杆仍靠压在他肩上。一只猫从路对面跑过，转来转去忙它的营生。老头儿望了它一会儿，然后又转过脸来望着路。

他终于卸下桅杆，站了起来。然后他重新把桅杆拿起来，扛在肩上，顺着道儿往前走去。一路上他不得不坐下来歇了五回，才终于走到了棚屋跟前。

进了棚屋，他将桅杆靠墙放下。他在黑暗中摸索到水瓶，喝了一口水。然后他就躺倒在床上了。他拉过毯子，盖到肩上，接着盖住了背和腿。他脸朝下睡在报纸上面，两条胳膊直挺挺地伸着，掌心朝上。

早晨当男孩儿向门里面张望时，他正熟睡着。刮大风的天，漂网渔船都不会出海，男孩儿就睡了个懒觉，起来后跟每天早晨一样，到老头儿的棚屋来看看。男孩儿看见老头儿在呼吸，随后他看到了老头儿的手，开始哭了起来。他悄没声地走出门，要去给老头儿拿点儿咖啡。他一路走，一路哭。

许多渔夫围着小帆船，在观看绑在船边的那个东西。有一个渔夫站在水里，卷着裤管，正用一段钓索丈量鱼的骸骨。

男孩儿没有下去。先前他已经下去过了，这会儿有个渔夫正帮他看着小帆船。

“他怎样啦?”一个渔夫叫喊着问他。

“在睡觉呢。”男孩儿大声答道。他不在乎让人看见他在哭，“别让人去打扰他。”

“这条鱼从头到尾有十八英尺长呢。”正在量鱼的那个渔夫大声叫道。

“我相信。”男孩儿说。

他走进台子廊屋，要了一罐咖啡①。

“要烫些，多加点儿牛奶和糖。”

“还要别的吗?”

“不用了。待会儿我再看看他能吃下去些什么东西。”

“多大的鱼啊，”店主说，“这里从来不曾有过这么大一条

---

① 并不是罐装咖啡，而是如前文所说，用炼乳罐头当杯子盛放的咖啡。

鱼。昨天你逮到的两条鱼也很棒。”

“让我的鱼见鬼去。”男孩儿说着，又开始哭了起来。

“你要喝点儿东西吗?”店主问。

“不了,”男孩儿说，“告诉他们别打扰桑地亚哥。我会再来的。”

“告诉他我很难过。”

“谢谢。”男孩儿说。

男孩儿拿着热咖啡回到老头儿的棚屋，坐在床边等他醒来。有一回他好像醒了，但马上又沉沉睡去。男孩儿就跑到路对面借了点儿木柴，将咖啡热了热。

老头儿终于醒了。

“别坐起来,”男孩儿说，“把这个喝了。”他往一只玻璃杯里倒了些咖啡。

老头儿接过去喝了。

“它们打败我了，马诺林,”他说，“它们真的打败我了。”

“它没有打败你。大鱼没有。”

“是的，它还真没有。我说的是后来。”

“佩德里科在看管小帆船和打鱼的家什。鱼头你打算怎么处置?”

“让佩德里科剁碎了，做地笼网①里的鱼饵吧。”

“那个剑嘴呢?”

“你要你就留着。”

---

① 一种近岸布置的诱捕网具，鱼进去后很难出来。

“我要，”男孩儿说，“现在我们得谋划谋划别的事情啦。”

“他们找过我吗？”

“当然啦。派了海岸警卫队和飞机。”

“海洋太大，小帆船太小啦，很难分辨得出来。”老头儿说。他发现，有人陪着聊，不用自言自语，不用对着大海说话，真是令人愉快。“我很想念你，”他说，“你们逮到了几条鱼？”

“第一天一条，第二天一条，第三天两条。”

“非常好。”

“现在我们俩又要一起捕鱼啦。”

“不要。我运气不好。我不会再有运气了。”

“让运气见鬼去，”男孩儿说，“我会带来好运的。”

“你家里人会怎么说呢？”

“我才不管。昨天我已经逮到两条了。但是从现在起我们俩一起捕鱼，我还有很多东西要跟你学呢。”

“我们一定要弄一杆要鱼命的好梭镖，每次出海都带上。你可以从旧福特汽车上弄一块弹簧片来做梭镖头。我们可以拿到瓜那瓦科阿①去磨。要磨得快快的，不要放到炉子里回火，否则容易断。我的刀子就断了。”

“刀子我再去弄一把，弹簧片我去磨。这大风②要刮多少天？”

---

① 古巴中西部城市，首都哈瓦那的卫星城，在哈瓦那以东约五公里。

② 原文“风”一词是西班牙文“brisa”。

"三天吧。兴许还不止。"

"我去把每件事情都安排妥，"男孩儿说，"你把手上的伤养好，老爹。"

"我知道怎样照料手。昨天夜里我吐出来一点儿奇怪的东西，还感觉到胸口有什么东西破了。"

"也把那儿养养好，"男孩儿说，"躺下，老爹。我去给你拿一件干净衬衫来。还有吃的。"

"我不在家时的报纸，不拘哪一天的，也拿两张过来。"老头儿说。

"你得赶快好起来，我还有很多东西可以跟你学，你什么都能教给我。你受了多少苦啊？"

"很多。"老头儿说。

"我去拿吃的东西和报纸，"男孩儿说，"好好歇着，老爹。我会去药店给你的手弄点儿治伤药。"

"别忘了告诉佩德里科，头是他的。"

"好。我会记着的。"

男孩儿出了门，一走到破损的珊瑚石路上，就又哭了起来。

那天下午，台子廊屋来了一群观光客。有个女子朝下面看的时候，在空啤酒罐和死梭子鱼中间的水面上，看见了一根长得吓人的白色脊椎骨，末端还有个巨大的尾巴。东风在港口外的海面上掀动着不停息的汹涌波涛，那尾巴随着潮水在不停地起伏、晃荡。

"那是什么？"她指着大鱼长长的脊骨，问一个侍者。现在它已经只是一根垃圾，就等着潮水把它带走了。

“Tiburon①，”侍者说，“Eshark②。”他原本是想解释一下事情的经过的。

“我一直不知道鲨鱼的尾巴这么漂亮，形状这么美。”

“我也不知道。”她的男伴说。

在那条路的前头，在棚屋里，老头儿又睡着了。他仍旧脸朝下睡着，男孩儿坐在旁边守护着他。老头儿正梦见狮子。

---

① 西班牙语：鲨鱼。

② 鲨鱼。侍者英语发音不准，应是“shark”。

乞力马扎罗的雪

乞力马扎罗是一座积雪覆盖的大山，海拔 19710 英尺，据说是非洲的最高山脉。它的西高峰名叫马塞人①的"恩阿吉—恩阿伊"，意思是神的殿堂。靠近西高峰的地方，有一具豹子的冻尸。那么高的海拔，豹子上来是为了寻找什么，尚未有人作出过解释。

① 马塞族是东非的著名部落，马塞族人服饰鲜艳，性格粗放。

“不可思议的是，这地方居然不痛，”他说，“一开始就是这样，没有疼痛感。”

“真的吗？”

“千真万确。非常抱歉，这味儿肯定把你熏坏啦。”

“别这么说！千万别这么说！”

“瞧它们，”他说，“到底是这里的景象还是气味引它们过来的呢？”

帆布床摆放在一棵含羞草树的一大片树荫里，男子躺在床上，目光越过树荫，望着阳光耀眼的旷野。那边地上蹲着三只可憎的大鸟，天上还有十几只在滑翔，它们从上空经过时，投下一片片飞掠的影子。

“从卡车抛锚那天起，它们就在那儿了，”他说，“今天第一次撞见有落到地上的。先前我还仔细观察过它们的飞翔习性，想万一哪天写小说时可以用上。现在看来真好笑。”

“我不希望你真写。”她说。

“我只是说说，”他说，“说说话觉得人松快多了。不过我不希望话多让你心烦。”

“说话不让我心烦，”她说，“我是因为自己没用才焦躁不安的。我想呀，我们不妨放轻松些，等飞机到来。”

“或者等到没飞机来的时候。”

“请告诉我，我能做些什么。总有什么事是我有能力做的。”

“你可以帮我截掉这条腿，那也许可以阻止伤势蔓延，不过我怀疑不一定管用。不如你给我一枪。如今你已经是个好射手啦。我教过你射击，对不对？”

“求你别说这样的话。我读点儿东西给你听好吗？”

“读什么呢？”

“从那本书里随便挑一段我们没读过的。”

“我听不进去哟，”他说，“还是说说话最松快。我们吵吵嘴，时间就过得快了。”

“我不吵嘴。我从来都不想吵嘴。今后我们不要再吵嘴啦。不管我们变得多么焦躁不安。也许今天他们会开着另一辆卡车回来。也许飞机会来。”

“我不想挪动，”他说，“现在换地方已经没意义了，顶多让你心里面感觉松快些。”

“这是懦夫说的话。”

“你就不能不要骂人，让一个男人死得尽量舒服些吗？丁铃当啷折腾我一番有什么用？”

“你不会死的。”

“别傻了。现在我就已经离死不远啦。不信你问问那些杂种。”他向那几只龌龊的大鸟栖息的地方望去，它们的秃脑袋藏进了蓬起的羽毛里。第四只鸟滑翔着落了下来，先快步奔跑了一段距离，然后摇摇摆摆慢悠悠地向同伴们走去。

“每个营地周围都有它们。你从来不注意而已。你只要不放弃，就不会死。”

“你从哪儿读到这些废话的？你是个十足的大傻瓜。”

“你就想想其他的人吧。”

“看在基督的分儿上，”他说，“说这话的行家是我。”

接着他躺下来，安静了一会儿，目光越过微光闪烁的灼热的旷野，眺望着灌木丛的边缘。在黄色的背景上，几只野羊①显得一点点小，白白的。远处，他看见有一群斑马，在绿色的灌木丛映衬下呈现出白色。这是一块令人愉悦的营地，依山搭建，有大树遮阴，清水相傍，附近还有一眼差不多已干涸的水穴，每天清晨有沙鸡在它周围飞来飞去。

“我读书给你听好吗？”她问。她坐在帆布床旁边的一张帆布椅子里，“一阵微风吹来喽。”

“不了，谢谢。”

“也许卡车会来。”

“我才不在乎那辆卡车呢。”

“我在乎。”

“好多我不在乎的东西你都在乎。”

“不是太多啊，哈里。”

“喝一杯怎样？”

“那应该是对你有坏处的。布莱克的书里说，忌一切含酒精的饮料。你不要再喝酒啦。”

“莫洛！”他喊道。

“是，先生。”

“拿威士忌苏打来。”

“是，先生。”

---

① 原文为“Tommies”，是人名“Tommy”的复数，应是猎手对某种动物的昵称。作者海明威善猎。综合考虑下来，姑译作“野羊”。

"你不该喝，"她说，"我说你放弃，就是这个意思。书上说酒精对你有害处。我知道它对你有害处。"

"不，"他说，"它对我有好处。"

看来一切就这样终结了，他心想。看来他永远不会再有机会给事情一个完满的结局。看来事情就以这种方式，在一杯酒引起的争吵中终结了。

自从右腿开始坏疽，他就不再感到疼痛，恐惧也随着疼痛离他而去。现在他心中只剩下一种极其疲惫和愤怒的感觉：居然是这样一个结局。对于正在来临的结局本身，他并没有什么好奇心。多年来结局问题一直困扰着他，但现在结局本身却没有任何意义。真奇怪，一旦疲惫透了，达到这种状态是多么轻而易举。

有些东西他一直攒着没写，原想等思路足够清楚了再写，写好些，现在永远不会写出来了。嗯，这样也好，不必品尝写作失败的苦果。也许那些东西是永远写不好的，那正是你一再拖延，迟迟不动笔的原因。算啦，现在他永远不会知道了。

"真希望我们根本就没上这儿来。"女人说。她咬住嘴唇，望着他手里的酒杯，"在巴黎你绝不会出这种事。你一直说你爱巴黎。我们原本可以待在巴黎的，要不随便去哪儿都行。去哪儿我都愿意。我说过不管什么地方你想去我都跟着。你想打猎，我们可以去匈牙利呀，在那儿舒舒服服地打猎就是了。"

"你那些该死的钱。"他说。

"这么说不公平，"她说，"那些钱你我一向是不分的。我丢下一切，无论你想去哪儿我都跟着，无论你想做什么我都照做，可我真希望我们根本就没上这儿来。”

“你说你爱这儿的。”

“那是你好好儿的时候，可现在我恨这块地方。我不明白为什么偏偏一定要让你的腿出这种事。我们作了什么孽，非得让我们遇上这种事？”

“我作的孽大概就是，起先刚刮破的时候忘了上碘酒，随后又没把事情放在心上，因为我从来不感染的。到后来，情况恶化了，又碰上其他杀菌剂用完，就用弱效的石炭酸溶液消毒，可能因此造成了毛细血管麻痹，引起坏疽。”他望着她，“还有什么呢？”

“我不是指这个。”

“假如我们雇了个好技工，而不是一个技术半生不熟的吉库尤人①司机，他就会检查一下机油，不至于把卡车轴承烧坏。”

“我不是指这个。”

“要是你没有离开自己那帮人，在该死的老韦斯特伯里、萨拉托加和棕榈滩②的那些熟人，同我交往……”

“嗨，我是爱你呀。你这样说不公平。我现在也爱你。我会永远爱你。你不爱我吗？”

“不，”男人说，“我不觉得我爱你。我从来没爱过你。”

---

① 吉库尤人是非洲班图族的一支，肯尼亚最大的民族。

② 韦斯特伯里是美国的一个镇子，萨拉托加是美国的一个县，棕榈滩是美国佛罗里达州著名的富人聚居区。

“哈里，你在说些什么呀？你神志不清楚了吧。”

“不。我已经没有神志可以不清楚了。”

“别再喝那个啦，”她说，“亲爱的，求你别再喝那个啦。我们得努力，凡是能做的，都试一下。”

“你去努力吧，”他说，“我累啦。”

此刻在他的脑海里，他看见卡拉加奇①的一个火车站。他背着背包站在月台边，正是“辛普伦—奥芬特号”列车前灯的光柱划破黑暗的那一刻，他刚撤退下来，正准备离开色雷斯②。这是他留待将来写进小说里的一幕。还有一段情节：早晨用早餐的时候，他向窗外眺望，望着保加利亚群山上的雪。南森的秘书问老头儿那是不是雪，老头儿望着雪说：不，那不是雪。早着呢，还没到下雪的时候。秘书把他的话传给别的姑娘们听：不，你们看，那不是雪。于是她们都说：不是雪，我们弄错了。可明明那就是雪。等到他进行人口交换③时，他将她们转送到山里去了。她们进山时脚下踩的是雪，最后她们死在了那年冬天。

那一年，在高厄塔尔④山上，整个圣诞周也是在下雪。那一年他们住在伐木人的小屋里，那口方形大瓷灶占据了半间屋

---

① 土耳其一城市，靠近死海。

② 爱琴海北岸一著名地区，有非常悠久的历史，英雄斯巴达克即色雷斯人。现色雷斯地区分属希腊、土耳其和保加利亚。

③ 这种行动在两个种族杂居的国家或地区之间发生，以同种族聚居为目的，例如希腊和土耳其之间就进行过人口交换。

④ 奥地利境内一山脉。

子。那个逃兵跑进来的时候，他们正睡在山毛榉树叶填塞的床垫上，那人脚上沾着雪，在出血。他说宪兵紧追过来了。他们给了他一双羊毛袜，缠住宪兵们聊天，直到雪花盖住他的足迹。

在希伦茨①，圣诞节那一天，雪是那么地亮，你从葡萄酒吧望出去，看着人们一个个从教堂回家时，甚至都觉得雪光刺痛眼睛。他们就是从那儿开始，走上那条被雪车磨得哧溜滑的尿黄色道路的。路的一旁是河，另一边是松林覆盖的陡峭山峦，他们肩上扛着沉重的滑雪板。他们就是从那儿开始，从“梅德纳尔之家”上方那条冰河上滑下来的。雪看上去像糕饼上的糖霜一样滑，像粉末儿一样轻。他记得冲下去时速度那么快，使滑行变得悄无声息，人如一只倏然飞坠的鸟儿。

那一回他们遇上了暴风雪，被困在“梅德纳尔之家”一个礼拜。他们点着马灯，在烟雾弥漫中玩儿牌。伦特先生输得越多，注下得越大，最后输了个精光，那是他的一切：滑雪学校的钱、那年冬季的盈利，然后是他的本金。伦特先生和他的长鼻子此刻依然在他眼前，他看见他摸起一张牌，掀开看一眼，说：“不跟。”那段时间总是有赌局。不下雪的时候赌，雪下得太大时还是赌。他回想着一生中消耗在赌博上的所有时光。

不过此事他一行字也没有写。另一件事他也没有写：在那个寒冷而晴朗的圣诞节，平原另一边的群山显露出来了，巴克

---

① 位于欧洲小公国列支敦士登境内。

飞过前线去轰炸奥地利军官的休假列车，那些军官四散奔逃的时候，巴克用机枪扫射他们。他记得后来巴克走进餐厅，讲述事情的经过。餐厅里变得鸦雀无声，然后有人说了一句：“你这个杀人不眨眼的杂种！”

后来同他一起滑雪的奥地利人，正是当时他们去杀的那一帮人。不，不是同一帮人。那年同他一起滑雪一整年的奥地利人汉斯，一直住在“皇帝·猎人”客栈，有一回他们一同去锯木厂上面的小溪谷狩猎兔子时，聊起过帕苏比奥之战①，还有进攻波蒂卡拉和阿萨洛的战斗。那些战事他一个字也没有写。蒙特科罗纳、塞特科姆尼和阿尔西罗的战事②，他也没有写。

他在福拉尔贝格③和阿尔贝格山④住过几个冬天？四个。这时他记起了那个有狐狸要卖的人，当时他们步行进入了布卢登茨⑤，那一回是去买礼物。他记起了上等樱桃酒的樱桃核仁味儿，在结了硬壳的雪地上快速滑行扬起的雪粉，一边唱着“嗨！嚯！罗利说！”一边冲下最后一段坡道，来到陡直段，直飞而下，然后拐三个弯儿滑过果园，出来后越过那道沟，来到酒吧后面那条结了冰的路上。你敲一敲，松开缚带；甩一下，取下滑雪板，靠放在酒吧的木板墙根。灯光泻出窗外，窗

① 帕苏比奥是意大利的一座山，第一次世界大战时奥地利军队和意大利军队曾在此交战。

② 这里提到的都是第一次世界大战时发生在意大利的战事。

③ 奥地利最西部的州。

④ 阿尔卑斯山脉北端山峰，滑雪胜地，位于奥地利西部。

⑤ 奥地利的一个县，西邻列支敦士登，南邻瑞士，旅游胜地。

户里烟雾腾腾，弥漫着新酒的温暖气息，有人在拉手风琴。

“在巴黎的时候我们住的是哪家酒店？”他问女人。她坐在他身边的帆布椅子里，此刻，在非洲。

“住在克利翁①。你知道的呀。”

“我怎么会知道？”

“我们每一回都住那儿的呀。”

“不，不是每一回。”

“我们住那儿，也住过圣日耳曼大街的亨利四世凉亭②。你说你爱那个地方。”

“爱就是一堆粪，”哈里说，“我就是那只站到粪堆上去打鸣的公鸡。”

“假如你非走不可的话，”她说，“非得把你身后的一切都消灭掉不行吗？我的意思是，你一定要把每一样东西都带走吗？非得杀了你的马和你的妻子，烧掉你的马鞍和盔甲？”

“没错，”他说，“你那些该死的钱就是我的盔甲，我的剑和盔甲。”

“别这样。”

“好吧。我不说了。我并不想伤害你。”

“现在稍微有些迟了。”

“那好。我就来继续伤害你。这样有趣多了。唯一一件我真正想和你一起做的事，现在我没本事做了。”

---

① 超级豪华酒店，其前身是宫殿。

② 豪华酒店，其前身是皇家古堡。

“不，这话不对。你喜欢做的事很多，你想做的每一件事我都和你一起做过。”

“哦，看在基督的分儿上别再吹牛了，行吗?”

他望着她，看见她哭了起来。

“听我说，”他说，“你觉得我这样做很开心吗？我不知道自己干吗要这样。想来，这可能是为了求生而杀伐吧。我们刚开始聊时我还是好好的。我并不是故意要开这样一个头，这会儿我疯疯癫癫像个大傻瓜一样，对你能多残忍就多残忍。我说过的话你别放在心上，亲爱的。我爱你，真的。你知道我爱你。我从来没有像爱你一样爱过任何人。”那一套他赖以为生的说惯了的谎话顺嘴就溜了出来。

“你对我挺好的。”

“你这个贱女人，”他说，“你这个有钱的贱女人。那是诗。现在我满肚子都是诗。腐烂和诗。腐烂的诗。”

“别说了，哈里，你现在干吗非得变得跟个魔鬼似的?”

“我不愿留下任何东西，”男人说，“我不愿身后留下任何东西。”

已是黄昏时分，刚才他睡着了。太阳沉到了山后边，整片平原上纵贯着一道阴影。营地附近有些小动物们在觅食，它们的头很快地一起一落，尾巴不断地摇来摇去。他望着它们，这会儿它们跟那片灌木丛保持着相当长的一段距离。那些大鸟已经不再待在地面上干等，它们全都沉甸甸地栖在一棵大树上。它们的数目又增加了不少。他的贴身男仆坐在床边。

“太太去打猎了，”男仆说，“先生有什么需要吗?”

“没有。”

她去猎杀动物了，想弄点儿肉回来。她知道他喜欢看着她狩猎，所以她跑到很远的地方去，那样就不会惊扰到他目力所能及的这一小片旷野。她总是那么体贴人，他心想。凡是她懂得的事情，在书上读到过或听人说过的事情，她都考虑得很周到。

这并不是她的错。来到她身边的时候，他已经完蛋了。一个女人怎么可能知道你说出来的话并非真心实意，只是出于习惯，为了让人听了舒服呢？自从他对自己说的话不再当真以后，较之于过去说实诚话，他的谎话更能骗得女人的欢心了。

他撒谎并不全是因为没有真话可说。他曾经拥有过自己的生活，但它已经结束，然后，他又继续活下去，但交往的人不同了，钱多了，待的是以前那些地方里最好的，还多了几处新地方。

不去想，那是一件非常了不得的事。你有一副好内脏，身体没有那样子垮掉，他们大多数人都是那样垮掉的；你抱定一种态度：既然已经干不了从前常做的工作了，那就不去管它。可是在你的内心里，你对自己说，你要写这些人，写这些非常有钱的人；你对自己说，你其实同他们并不是一类人，而只是他们国度里的一个窥视者；你对自己说，你会离开这个国度，写这个国度，而且将是仅此一回，由一个了解自己在写什么的人来写这个国度。但是他永远不会写了，因为日复一日，他不写作，生活安逸舒适，做着自己所蔑视的那种人，才华磨钝了，工作的意志变软弱了，于是乎，他终于彻底不工作了。在他不工作的时候，他现在交往的那些人全都感到舒服许多。非洲曾是他在一生中的黄金岁月里最感到快乐的地方，所以他跑了出来，想从这儿重新开始。这次狩猎旅行，他们是以最低限度的舒适为准来安排的。没有艰苦可言，但也不算奢华。他曾经以为，这样一来，他就能重新训练，回到良好的状态。他以为这样能在某种程度上除去一些心灵上的脂肪，类似于拳击手去山里面干活儿和训练，去消耗掉身体里的脂肪一样。

她曾经很喜欢这次旅行。她说她爱这一趟非洲之旅。凡是令人兴奋的出行，能换换环境，认识些新的人，遇见一些令人愉快的事物，她都爱。他也曾经有过工作的意志力在恢复的幻觉。如果就这样走到结局，他也不必变得像一种蛇那样，因为脊背被打断就咬自己。他知道，结局就这样了。并不是这个女人的错。不是她，也会是另外一个女人。如果靠说谎活着，就应该试试说着谎话死去。他听到小山另一边传来一声枪响。

她枪打得非常之好，这个有钱的贱女人，他的才华的温存的呵护者和毁坏者。胡扯。是他自己毁了自己的才华。怎么能怪到这个女人头上呢，就因为她给了他安逸的日子？他的才华是他自己毁掉的：由于他把它荒废了；由于他背叛了自己，背叛了自己的信念；由于他纵饮无度，磨钝了感觉；由于他懒散怠惰，傲慢势利，心存偏见；由于他不择手段。他这是在干什么？列一张旧书清单？他的才华到底在哪儿呢？好吧，就算他有才，可他并没有好好使用，而是利用它来做交易。他的才华从来都不是在于他做了什么，而永远是在于他能够做什么。他另行选择了一种谋生手段，而不是钢笔或铅笔。还有，每当他爱上另外一个女人，这一个女人总是会比上一个女人更有钱，这一点也是很奇怪的，是不是？但是当他不再爱的时候，当他只是在说谎的时候，就像眼下，对眼前的这个女人——这个女人比前面的所有女人都有钱，要多有钱就多有钱，她曾经有过丈夫和孩子，曾经找过情人后来又对他们生出不满。她深爱着他，把他当一个作家、一个男子汉、一个伴侣、一份引以为荣的财产——真奇怪，当他根本不爱她而且是在对她撒谎的时候，为了她花在他身上的钱，他所能给予她的，居然会比他真爱的时候所能给予的更多。

一个人做什么，一定是生来就安排好的，他心想。你谋生的手段，就是你的天赋所在。他一生都在出卖生命力，以这种形式或那种形式。当你对情爱看得不太重的时候，就是你把钱看得更重的时候。他早就发现了这一点，但从来都不愿意写出来，现在也不愿意写。不，他不会写的，虽然这一点很值得一书。

这会儿她已经进入视野了，正穿过旷野向营地走来。她穿着马裤，扛着一支来复枪。两个男仆抬着一只野羊走在她旁边。她依然是个挺好看的女人，身材也很赏心悦目，他心想。她的床上功夫很了不得，也很懂得享受床第之欢。她不漂亮，但他喜欢她的面相。她博览群书，喜欢骑马和射击，当然，她酒喝得太多了。在她还是个比较年轻的女人时，她就死了丈夫。有一段时间，她全身心地投入到两个刚长大的孩子身上，可孩子们却并不需要她，还因为她在他们身边转悠而感到局促不安。她还将心思放在马厩、书本和酒瓶子上。她喜欢在晚饭前，在黄昏时分读书，边读书边喝威士忌苏打。到吃晚饭时她已有了几分酒意，再喝上一瓶葡萄酒，通常便醉得能够倒头就睡了。

那是她没有情人时的情形。有了情人以后，她不再喝那么多酒了，因为不必再靠醉酒来入眠。但情人一个个都令她厌倦。她嫁过一个男人，他从来不令她厌倦，这些人却令她非常厌倦。

接下来，两个孩子中有一个在飞机失事中丧生。事情过去后，她不再想要男人，喝酒也已经起不到麻醉作用，她得另外建立起一种生活了。突然之间，她对孤独产生了强烈的恐惧感。她需要一个人和她在一起，但她要的是一个让她尊重的人。

事情的开始很简单。她喜欢他写的作品，她一直羡慕他过的那种生活。她认为他做的正是他自己想做的事。她俘获他的那些个步骤，和她最终爱上他的那种方式，都属于一个常规的进展过程；在这个过程中，她为自己建立起了一种新的生活，他则将他的旧生活的残余出卖了。

不可否认，这种出卖是为了换取安全，也是为了换取舒适安逸，还能为了什么呢？他不知道。无论他想要什么，她都会买给他。他知道这一点。她还是一个好得要命的女人。他愿意马上就跟她上床，像跟别的女人一样，但他更愿意选择她。因为她更有钱，因为她令人愉快又知情识趣，因为她从不大吵大闹。可是，她重建的这种生活现在要告一个段落了，因为两个礼拜之前，他的膝盖被一根荆棘划破，他没有给伤口上碘酒。当时他们跑到近前去，想拍一群站着不动的非洲水羚；它们站在那儿，仰着头，边窥视边翳动鼻孔嗅着空气，耳朵张得大大的，准备一听到什么声音，就拔腿冲进灌木丛里去。没等他拍下照片，它们已经呼啦一下跑了。

这会儿她已经到了跟前。他在帆布床上转过头来，面对着她。“哈啰。”他说。

“我打到一只野公羊，”她告诉他，“可以给你做一碗好肉汤，另外我叫他们捣些土豆泥，加克宁奶粉①。你感觉怎样？”

“好多了。”

“这不是挺好吗？我就想你会好些的，对吧？我走以后你睡着了。”

“我睡了个好觉。你走出去很远吗？”

“不远，就到山后面转了转。我打得很准，一枪正中这只野羊。”

“不用说，你的枪法很神的。”

“我爱打猎，我爱非洲。真的。你要是没受伤的话，这就是我玩得最开心的一次旅行了。你不知道跟你一起打猎是多么有乐趣。我已经爱上这片原野了。”

“我也爱这片原野。”

“亲爱的，你不知道，看见你感觉变好，真是棒极了。刚才你感觉坏成那样，我真受不了。不要再那样对我说话了，好不好？答应我好吗？”

“不会了，”他说，“我不记得刚才说了些什么话。”

“你没必要非毁了我不可呀，是不？我只是个中年女人，我爱你，你想做什么，我都愿意。我已经被毁了两三回啦。你

---

① 历经百余年，至今仍是著名奶粉品牌。

不会想再毁我一回吧，是不?”

“我很想在床上毁灭你几次。”他说。

“好啊。那是很棒的毁灭。我们生来就是为了那样子被毁灭的。飞机明天就会来啦。”

“你怎么知道?”

“我有把握。飞机一定会来的。仆人们已经准备好点火生烟的木头和草了。今天我又下去看了一下，地方绰绰有余，我们在空地两头都堆了柴草。”

“你凭什么认为飞机明天会来?”

“肯定会来的，我有把握。到了城里，他们会治好你的腿，然后我们就可以好好地毁灭毁灭，不用聊那种讨厌死了的话题啦。”

“喝一杯怎样？太阳已经落山了。”

“你觉得没问题，可以喝?”

“我想喝一杯。”

“那我们一起喝一杯。莫洛，拿两杯威士忌苏打!”

“你最好穿上防蚊靴。”他对她说。

“等洗过澡再穿……”

他们喝着酒，天色渐渐地黑下来，就在快要黑到无法瞄准打枪的时候，一只鬣狗穿过旷野，绕到小山的另一边去了。

“那杂种每天晚上从那边跑过去，”男人说，“两个礼拜了，天天晚上如此。”

“每天晚上吵吵的就是它。我不在意。不过这是一种很恶心的动物。”

他们一起喝着酒。现在他已经没有疼痛的感觉了，只是一直用一种姿势躺着，有点儿不舒服。仆人们生起了一堆火，火光投下的影子在帐篷上跳动着，他感觉得到，自己又回到了对于这种愉快的投降生活的默认状态。她对他非常好。下午他对她太残忍、太不公平了。她是个好女人，真的很了不起。就在这个时候，他突然想到，他就要死了。

这个念头来得很冲，不像一阵水浪或一阵风，而像是一阵骤然而至、恶臭难闻的空无。奇怪的是，那只鬣狗沿着这空无的边缘，轻轻地溜了过来。

“怎么啦，哈里?”她问他。

“没什么，”他说，“你最好挪到另一边，坐到上风口去。”

“莫洛给你换过药没有?”

“换过了，刚敷上硼酸膏。”

“感觉怎样?”

“稍微有点儿摇晃不稳。”

“我要去洗澡了，”她说，“一会儿就出来。我跟你一起吃晚饭，然后把帆布床搬进去。”

这么说，我们停止争吵是一件好事，他自言自语道。他同这个女人之间从来不曾比较厉害地争吵过；而他同他所爱的那些女人之间，却总是争吵得厉害，最后往往经不住日积月累的伤损，毁了他们相合的感情。他曾经爱得太深，要求得太多，结果耗尽了激情。

他想起了那一回孤身一人在君士坦丁堡①的情形，他是在巴黎吵了一架后跑出来的。一段时间里，他天天眠花宿柳，然后发现那样并没能消灭孤独感，反而使之变得更加强烈。他便写信给她，那是他的第一个情人，就是在巴黎将他抛弃的那一位。在信中，他向她诉说自己一直没能忘情……他告诉她，有一回在摄政酒店②外面，他以为看见了她，一下子蒙了，心里面好难受；他会沿着林荫大道，尾随一个外貌有些地方同她相像的女子，却又害怕看清楚不是她，害怕失去那种错觉所带给他的感觉。他告诉她，他睡了一个又一个女人，但她们一个个只能徒然增添他对她的思念。他对她说，无论她做了什么都绝没有关系，因为他知道，他治不好自己对她的相思病。他在冷静和没有喝酒的状态下，在俱乐部酒店③写了这封信，寄去纽约，请求她将回信寄到他在巴黎的办事处。那样似乎比较妥当。那天晚上，他非常想念她，觉得心里面空荡荡的很难受。他漫无目的地在街上走，路过马克西姆餐厅④，搭上一个姑娘，请她一起吃晚饭。后来他带她去一个地方跳舞，她的舞技很糟，他便丢下她，同一个性感放荡的亚美尼亚姑娘共舞。那姑娘的肚皮紧贴着他，磨得几乎发烫。一轮舞下来，他便将她

---

① 土耳其首都伊斯坦布尔的旧称。此城已有近一千八百年历史，自1453年被奥斯曼帝国征服后，君士坦丁堡与伊斯坦布尔二名称并用，1930年起君士坦丁堡之名称被终止使用。

② 高级酒店，在欧洲不少城市有分店，这里指的是君士坦丁堡的摄政酒店。

③ 高级酒店，在世界多地有分店。

④ 马克西姆餐厅是法国最著名的去处之一，是全世界最顶级的餐饮和社交场所。当时在君士坦丁堡有分店？不详。

从一个英国中尉炮手身边夺走了。炮手约他出去，他们便在黑暗中，在鹅卵石铺成的大街上打了起来。他击中炮手的下巴一侧两拳，对方却没有倒下，他知道这下子免不了要恶斗一场了。炮手击中了他的身体，又击中了他的眼角。他再次挥动左拳击中对方，炮手扑到他身上，揪住他的外套，将他的一只衣袖撕了下来。他对着炮手耳朵后面擂了两拳，然后一边推开他，一边又用右手重重地揍了他一拳。炮手一头栽倒在地，他拉起姑娘就跑，因为他们听见宪兵过来了。他们拦了一辆出租车，沿博斯普鲁斯海峡开到郊外的雷米利·希萨，兜个圈儿，又在寒冷的夜晚回到城里，上床睡觉。她看上去过于成熟了，摸上去也是一样，不过很柔滑，像玫瑰花瓣，像糖浆，腹部光滑，胸脯丰满，且不用在她的屁股下面垫枕头。在她醒来之前，他就离开了，在清晨的第一缕光线中，她的容貌显得够粗俗的。他出现在佩拉宫酒店①，带着一只乌青的眼圈儿，外套搭在胳膊上，因为没了一只衣袖。

当天晚上，他启程去安那托利亚②。他记得，那次旅行的后半段，他整天骑马穿行在罂粟花田中间。当地人种植罂粟是为了提炼鸦片。那种风景给人的感觉真是奇特。最后，仿佛无

① 君士坦丁堡（即伊斯坦布尔）一家有名的酒店，入住过包括本文作者海明威在内的许多名人。

② 亚洲西南部的一个半岛，又名小亚细亚或西亚美尼亚，现为土耳其的亚洲部分。

论走多近走多远都走不到似的，他来到了他们和那些从君士坦丁①新调来的军官们一起发动进攻的地方。那些军官狗屁也不懂，炮队的炮弹居然打到了自己的骑兵连，那个英国观察员哭得跟个孩子似的。

就在那一天，他生平第一回看见死人。他们穿着白色芭蕾舞裙，还有缀着绒球的翻边鞋。土耳其人一直不断地一波一波涌上来，他看到那些穿裙子的士兵在逃跑，军官们向那些士兵开枪，接着自己也开始逃。他和那个英国观察员也跑起来，直跑得他肺疼，嘴里满是铜腥味儿。他们停下来，躲在大石头后面喘口气，而土耳其人依旧在一波一波地涌上来。后来他看到的事情是他永远不敢回想的，再后来他又看到了更可怕的事情。所以，那次他回到巴黎后，他无法开口谈论这件事，甚至连提一下都受不了。经过咖啡馆的时候，他看见那个美国诗人坐在里面，面前一大堆托碟，土豆脸上一副蠢相，正同一个罗马尼亚人大谈达达主义②。那个罗马尼亚人说自己名叫特里斯坦·查拉③，总是戴一只单眼镜，有头痛的毛病。他回到了公寓，和妻子待在一起，这时他又爱妻子了，争吵已经过去，疯魔已经过去，他很高兴回到家。办事处把他的信件都送到上面

---

① 君士坦丁与君士坦丁堡不是同一地方，而是阿尔及利亚第三大城市，阿尔及利亚当时是法国殖民地。这里述及的是土耳其独立战争期间的一次战事。

② 达达主义是一个著名而短暂的艺术运动，追求“无意义”的境界，是对传统艺术和美学的颠覆，1916 至 1923 年间出现在法国、德国和瑞士。

③ 特里斯坦·查拉是达达主义文学的代表人物，瑞士人。

的公寓里来。于是，一天早晨，他在君士坦丁堡写的那封信的回信被放在盘子里送来了。看到信封上的笔迹，他浑身发冷，想悄悄地将它塞到另一封信底下去。可是他的妻子说："是谁来的信，亲爱的?"于是，那件事在开始的阶段便结束了。

他回想起他同她们每个人在一起时的好时光和争吵时的情形。她们争吵时总是挑最佳场合。她们为什么总是在他感觉最好的时候跟他吵呢？这种事他从来没有写过，因为首先，他绝不愿意伤害她们中的任何一个；其次，好像不写这种事，可以写的东西也已经够多了。但他一直认为，这种事最终他还是会写的。可以写的东西太多了。他看到了世界的变化，这不只是指那些大事。虽然他经历过许多大事件，一直在观察世人，但他也看到了那些微妙的变化，记得世人在不同时期的状态。他置身于这种变化之中，一直在观察着，把它写出来是他的责任，但是现在他永远也不会写出来了。

"你感觉怎样?"她说。她洗好澡，从帐篷里出来了。

"还行。"

"现在吃得下东西吗?"他看见莫洛拿着折叠桌站在她身后，另一个仆人端着盘子。

"我想写作。"他说。

"你应该喝点儿肉汤，好保持体力。"

"今晚我就要死了，"他说，"我不需要保持体力啦。"

"别那么夸张，哈里，求你啦。"她说。

"你干吗不用你的鼻子闻一闻？我大腿都已经烂了半截啦。干吗还要跟肉汤瞎胡搞？莫洛，去拿威士忌苏打。"

“求你喝点儿肉汤吧。”她温柔地说。

“好吧。”

肉汤太烫了。他只好把汤盅端在手里，等到凉下来可以喝了，然后一点儿也没吐全喝了下去。

“你是个好女人，”他说，“别为我费心啦。”

她望着他，脸上露出那种为众人所熟悉的、令人愉快的笑容。那是一张因为《靴刺》和《城市与乡村》① 而为众人所熟悉和喜爱的脸，因为嗜酒，因为贪恋床笫之欢而稍有些逊色了；但《城市与乡村》从未展示过她那两只漂亮的乳房，那两条能干的大腿，那两只抚爱脊背时稍嫌小的手。他望着她时，感觉到死神又一次来临了。

这一回来得不冲。它是轻轻地噗一下，像一股令烛光摇曳、烛焰腾高的微风。

“待会儿可以让他们把我的蚊帐拿出来，挂在树上，再生一堆火。今晚我不去帐篷里睡了，犯不着搬进搬出。今夜是个晴朗的夜晚，不会下雨的。”

看来，这就是你的死法了：在你听不见的悄声细语②中死去。好吧，不会再有争吵了。这一点他可以保证。他从来不曾有过的这个体验，他现在不会去败坏它了，但也有可能会。你把一切都给败坏了。但他也许不会。

“你会做笔录吗，会不会？”

---

① 这两本都是美国的时尚休闲杂志，后者至今仍出版发行。

② 这里是就睡在外面而言，夜间大自然的各种声音。

“我没学过。”她告诉他说。

“好吧。”

当然，已经没有时间了。不过那些记忆仿佛是可以套叠的，如果你方法正确，便可以把它们全部收缩到一段里面去。

在一座俯瞰着湖水的小山上，有一栋圆木构筑、灰泥嵌白的房子。门边竖着一根竿子，竿子上挂着一只铃铛，那是用来呼唤外面的人回屋吃饭的。房子后面是田野，田野后面是树林。一排箭杆杨从房子一直延伸到码头，岬角边沿也围着箭杆杨。一条小路从树林边往山上而去，他曾沿这条路采摘过黑莓。后来，那栋圆木结构的房子被烧毁了，挂在壁炉上方鹿脚架上的几支枪也烧坏了。那些枪筒，连同熔化在弹夹里的铅弹，还有完全烧毁的枪托，都摆在那一堆草木灰上；那些灰原本是要放进做肥皂的大锅，用来熬碱水的。你问祖父坏枪可不可以拿去玩儿，祖父说不行。你明白，那堆残骸仍旧是他的枪，而他再也没有去买别的枪，也没有再去打猎。房子用圆木在原地重新造起来了，刷成了白色，从门廊里你可以看见那些箭杆杨和远处的湖水，但是枪再也没有了。那些曾经挂在圆木房子墙上的鹿脚架上的枪筒，如今摆在那堆草木灰上，再也没有人去碰过它们。

战后，我们在黑森林①租了一条鳟鱼小溪，去那儿有两条

① “战后”指第一次世界大战结束后；黑森林是德国最大的森林山脉，著名的旅游胜地，其西边和南边是著名的莱茵河谷，《白雪公主》和《灰姑娘》等著名童话故事即发生于黑森林。

路可以走。一条路是从特里堡①下到溪谷里，在树荫下沿着谷中的小路绕行（那条白色小路的路边上都是树），然后走上一条岔路，向前穿过山岭，途经许多矗立着黑森林式大房子的小农场，最后来到小路和溪流的交叉处。我们就在那儿开始钓鱼。

另一条路是爬陡坡到达树林边缘，然后穿过松林翻越山顶，从林中出来到达一片草地的边缘，穿过那片草地走到桥边。溪边有一溜桦树，溪水不宽，窄窄的一条，清澈而湍急，在桦树根下面冲出了一个个水潭。在特里堡的旅馆里，店主经历了一个旺季。这是一件欢喜事，我们大家都是非常要好的朋友。第二年发生通货膨胀，他上一年挣的钱还不够拿来买旅馆用品的，店开不下去了，他上吊了。

这些事你可以口述，但护墙广场②你却无法口述。那地方，卖花人在大街上给花儿染色，滴下来的颜料水在路面上流淌。那儿是公共汽车发车的地方，老头儿和女人总是喝葡萄酒和劣质果渣酒③，灌得醉醺醺的。寒风中，孩子们淌着鼻涕。你闻得着臭汗和贫穷的气味，看得见“业余爱好者咖啡馆”里的醉态，还有“奏乐舞厅”④ 里的妓女，她们就住在舞厅的楼上。女门房在她的小隔间里招待共和国卫队的骑兵，一张椅子上放着他的插着马鬃的头盔。门廊对面那个房客，她的丈夫

---

① 特里堡位于黑森林的正中心，有最美的黑森林童话小镇之称。
② 巴黎景点之一，本文作者曾在此广场附近居住和写作。
③ 这是一种用葡萄渣蒸馏出来的白兰地。
④ 这是一种大众舞厅，有手风琴乐队伴奏。

是个自行车赛车手，那天早晨，她在乳品店打开《汽车报》，看见他第一次参加大赛就在环巴黎自行车赛上获得第三名，乐开了花。她满脸通红，笑个不停，然后她手里拿着那张黄色的体育报纸，上楼去哭了一场。经营“奏乐舞厅”的那个女人，她的丈夫是开出租车的，有一回，他，哈里，必须去乘早班飞机，那人便来敲门叫醒他；动身送他去机场之前，他们还一起在酒吧间的包锌吧台前喝了一杯白葡萄酒。当年，那个街区的邻居他都很熟，因为彼此都是穷人。

广场周围住着两种人：酒鬼和运动爱好者。酒鬼用酗酒来镇住贫困，运动爱好者用锻炼来驱除贫困。他们是巴黎公社拥护者的后代，对于他们来说，了解自己的政治是不用下功夫的。他们知道是谁开枪杀死了他们的父老兄弟、亲戚朋友。当年凡尔赛的军队开进巴黎，继公社之后占领了这座城市，被抓到的人凡手上有茧的、戴便帽的，或有其他任何标志说明是做工的人的，一律处决。正是在那样一种贫困中，在街对面是一家马肉铺和一家酒业合作社的那个街区里，他开始了他的写作生涯。

在巴黎，别无任何一处地方令他如此钟爱：撑开着枝丫的树，年代久远、白灰泥墙、墙脚刷成棕色的房屋，那一片圆形广场上那些长长的绿色公共汽车，路面上流淌的紫色染花颜料水，从小丘上下来直往塞纳河而去的勒蒙纳红衣主教大街，还有另外一个方向穆浮塔街那个狭窄拥挤的世界①……那条通往

① 穆浮塔街是巴黎最古老的露天市集之一，故有此说。

先贤祠的大街和另外一条他常常骑自行车的大街，是整个那一片地区仅有的沥青路，车胎滚过去时感觉那么光滑；街两边的房子高耸而狭小，那幢高高的小楼是一家廉价旅馆，保尔·魏尔伦①就死在里边。他们住的公寓只有两个房间。另外，他在那家旅馆的顶楼有一个房间，每月花六十法郎租了写作用的，从里面可以看到鳞次栉比的屋顶、烟囱顶管和巴黎所有的山丘。

从公寓里却只能看到那个卖木柴和煤炭的人的店铺。那人也卖酒，劣质葡萄酒。马肉铺外面挂着金色的马头，敞开的窗户里面挂着金黄色和红色的马肉。人们在漆成绿色的酒业合作社里买酒喝，又好又便宜的葡萄酒。另外就只能看见街坊邻居的窗户和涂灰泥的墙了。夜里，有人喝醉了躺在大街上哼唧和呻吟，这就是那种典型的法国式醉酒，你所受的宣传要你相信它是并不存在的。这时，你会看到街坊邻居打开窗户，然后听见他们低声嘟囔。

“警察上哪儿去了？那个屁精总是在你不需要的时候出现，这会儿准是跟哪个女门房睡觉去啦。报警吧。”最后有人倒下去一桶水，呻吟声停了下来。“什么声音？哦，是水，聪明的主意。”于是，一扇扇窗户都关上了。他的女仆玛丽抗议八小时工作制时曾经说：“做丈夫的要是工作到六点钟，他只会在回家的路上很快地喝几杯，浪费的钱也不多。如果只要工作到五点钟，那他就会天天晚上喝得醉醺醺的，钱你就一个子

---

① 保尔·魏尔伦（1844—1896），法国著名诗人。

儿也拿不到了。这样缩短工作时间，遭罪的还是工人的老婆哟。”

“再喝点儿肉汤好吗?”这时，女人问他道。

“不喝了，多谢你。汤好喝极了。”

“再喝一点点。”

“我想喝一杯威士忌苏打。”

“喝酒对你不好。”

“是啊，喝酒对我有害。科尔·波特①写过这方面的歌曲。这种知识使你快要受不了我啦。”

“我喜欢你喝酒的样子，你知道的。”

“哦，是啊，只不过喝酒对我有害。”

他心想：她走开后，我想要的一切很快我就会得到啦。不是我想要的一切，而是摆在那儿的一切。唉，他累了，太累啦。他要稍微睡一会儿。他静静地躺着，死神不在。它一定是到另一条街上溜达去啦。它成双结对地溜达，骑着自行车，无声无息地在人行道上前行。

不，他从来不曾写过巴黎，他喜欢的那个巴黎。不过，他未曾写过的其他东西又如何呢?

那个大牧场，那些银灰色的山艾树灌木丛、清澈湍急的灌溉渠水、墨绿的紫花苜蓿，又如何呢?还有那条通往山里的小径，像鹿一样胆怯的牛群；秋天的时候，你把它们赶下山来，吆喝声和不停息的喧嚷声夹杂在一起，乌泱泱一大群缓缓移动

---

① 科尔·波特（1891—1964），美国著名的作曲家和音乐剧作家。

着，扬起漫天的尘土。暮光之中，在群山的后面，远峰清晰如画；月光下，你骑马走在小径上，溪谷对面的山坡上一片清辉。他记得，夜里穿过林子下山时，看不见路，就抓住马尾巴跟着走。这些故事都是他想写出来的。

那个打短工的弱智小伙子，那一回他们留下他一个人在牧场，还嘱咐他别让人偷走一根干草。偏偏福克斯镇①那个老杂种路过，停下来想喂喂马；老家伙曾经雇小伙子干过活儿，还揍过他。小伙子不让他拿草料，老家伙就说要再揍他一顿。小伙子跑去厨房，把来复枪拿来，看见他往谷仓里面闯，一枪把他撂倒了。他们回到牧场时，老家伙已经死了一个礼拜了，躺在畜栏里冻得硬邦邦的，尸体已经被狗啃掉了一部分。但你用毯子将残尸裹起来，放在雪橇上用绳子捆好，还叫那小子帮你一起拽，然后你们两个蹬着滑雪板带着尸体上路，赶了六十英里来到镇上，将那小子递解过去，这时候，他还没意识到自己会被捕。他想着自己尽了职，你是他的朋友，他会得到奖赏呢。他帮着将老头儿拖到镇子上来，是为了让大家都能了解老家伙一向是多么坏，又如何想偷草料，那可不是他自己的东西。警长给他戴上手铐时，小伙子简直不敢相信。于是他大哭起来。这个故事他是攒在那儿准备写出来的。他知道那个地方至少二十个好故事，却一个也没有写。为什么？

“你跟他们讲讲为什么吧。”他说。

“什么为什么，亲爱的？”

---

① 美国华盛顿州一小镇，近年因系列电影《暮光之城》而名声大噪。

“没什么为什么。”

她自从有了他以后，酒喝得没那么多了。但是只要他活着，他是绝不会写她的事情的，这一点他现在意识到了。也不会写她们中的任何一个。有钱人愚钝，不是酒喝得太厉害，就是玩儿巴加门①太多。她们愚钝而且啰唆。他记得可怜的朱利安，记得他对于富人的带有罗曼蒂克意味的敬畏，记得他的一篇小说这样开头：“富人跟你我不一样。”② 有人曾经这样回敬朱利安：是啊，他们比我们钱多。但在朱利安听来，这话并不幽默。他认为他们是一个特别富有魅力的族类，等到他发现并非如此时，他便被毁了，其程度恰如他被其他随便什么东西毁了一样③。

他一向瞧不起那些被毁掉的人。一件事物你既已了解，就不是非喜欢它不可了。他觉得自己什么样的关口都过得去，因为无论什么事情，只要他不放在心上，就无法伤害他。

好吧。现在他不会将死亡放在心上了。先前他一直害怕的一件事是疼痛。他像别的男人一样忍得住痛，只要疼痛延续的时间不太长，别把他弄得筋疲力尽。但这一回他有个地方伤得太厉害了，正当他觉得自己快要被它弄垮的时候，疼痛停

---

① 一种西洋的双陆棋，两个人玩儿，各15子，掷骰子决定行棋格数。

② 这句话出自美国二十世纪另外一个伟大小说家菲兹杰拉德的小说《阔少》的第三小节，原话是：“让我来告诉你富人究竟是怎么回事。他们跟你我不一样。”成名较早的菲兹杰拉德曾举荐过本文作者海明威。

③ 这里可能是暗示菲兹杰拉德毁在奢侈无度且有精神病的妻子泽尔达手里，海明威和她之间互有敌意。

止了。

他记起多年前的那个夜晚，投弹军官威廉森钻过铁丝网爬回来时，德军巡逻队的一个兵向他投了一枚手榴弹。他被炸伤了，尖叫着，求大家开枪打死他。他是个胖子，虽然爱作一些离奇古怪的显摆，却很勇敢，是个好军官。可那天晚上他被卡在铁丝网里了，随着一颗照明弹将他照亮，他的肠子被炸出来钩在了铁丝网上。所以他们不得不把他的肠子割断，才将他抬了回来，当时他还活着。开枪打死我，哈里。看在基督的面儿上，开枪打死我吧。有一回，他们曾经争论过凡主所赐予无有不可忍受这句话，有一种理论就是这样说的，意思是过一段时间，痛苦会自行消失。但是他一直忘不了威廉森，那个夜晚的威廉森。痛苦并没有从威廉森身上消失，最后他拿出一直留着给自己用的吗啡药片，全都给威廉森吃了，也并没有当时就立刻见效。

不过，现在他所承受的痛苦是很轻的。如果就这样下去，情况不恶化，便没有什么好担心的。只除了他希望有更多的人陪伴在身边。

他想了一想自己会希望有哪些人陪伴。

不，他心想，你做每一件事都做得太久，做得太晚，你就不能指望发现别人仍然在陪你啦。人已经全走了。酒尽杯空，曲终人散，现在只剩下你和女主人啦。

我越来越对死感到厌倦了，就像对所有别的事情一样，他心想。

“真让人厌倦。”他说出声来。

“什么事让人厌倦，亲爱的?”

“所有做起来时间长得要命的事。”

他望着她的脸。她背靠着椅子背，坐在他与篝火之间，一张线条可爱的脸映照着火光。他看得出来，她已经困了。他听见鬣狗弄出来的一记声响，就在火光照到的范围之外。

“我一直在写作，”他说，“我累啦。”

“你觉得能睡着吗?”

“肯定能。你干吗不进去睡觉?”

“我想坐这儿陪着你。”

“你感觉到什么奇怪的东西了吗?”他问她。

“没有，就感觉到有点儿困。”

“我感觉到了。”他说。

刚才他感觉到死神又一次从身旁经过。

“你知道，我唯一从来不曾失去过的东西是好奇心。”他对她说。

“你什么也没有失去过。你是我认识的最完美的男人。”

“基督啊，”他说，“女人的见识真是太少啦。凭什么?你的直觉?”

就在这个时候，死神已经来了，它将头靠在帆布床的脚上，他闻得出它的气息。

“绝不要相信死神是一把镰刀加一个骷髅头那种说法，”他告诉她说，“它很可能就是两个骑自行车的警察，或者是一只鸟儿。也可能像鬣狗一样，有一张很宽的口鼻。”

这会儿它已经进逼到他身边了，但它已经不具有形状。它只是将空间占了。

“叫它滚开。”

它没有滚开，而是又逼近了些。

“你呼出来的气真是难闻得要命，”他对它说，“你这个臭烘烘的杂种。”

它还在一点点地凑近他，现在他无法对它说话了；它发现他说不出话来，就又凑近了一点儿。现在他想一言不发地将它打发走，但它却上来了，将重量全压在了他的胸口。它趴在他身上，他不能动弹也说不出话，这时他听见女人说道：“先生睡着了。把帆布床抬起来，好好的轻一点儿，抬进帐篷里去。”

他说不出话来，没法儿叫她把它赶走；现在它趴在他身上的分量更重了，已经压得他透不过气来。然后，当他们抬起帆布床的时候，突然就没事了，他胸口的重压消失了。

现在是早晨，已经天亮有一段时间了，他听见了飞机的声音。开始它显得只有一丁点儿大，然后转了一个大圈子。仆人们跑出来用煤油点着了火，堆上草，于是平整的空地两头起了两股浓烟。晨风将烟吹向帐篷，飞机又转了两个圈子，这回飞得低了。接着，飞机向下滑翔，拉平，平稳地降落在了空地上。迎面向他走来的是老康普顿，他下身穿一条宽松长裤，上身穿一件花呢夹克，头上戴了一顶棕色毡帽。

“出什么事啦，老兄？”康普顿说。

“腿坏了，”他告诉他说，“先吃点儿早饭吧？”

“谢谢。只要喝点儿茶就行啦。你知道，这是架‘银色天社蛾’。我不可能搞到一架‘夫人’。只坐得下一个人。你的卡车在路上。”

海伦把康普顿拉到一边去了，正在跟他说些什么。回来的时候，康普顿显得比什么时候都更快活。

“我们得马上把你弄上飞机，”他说，“我还要回来接你太太。这样恐怕我就要在阿鲁莎①停一下了，加点儿油。我们最好现在就走。”

“茶也不喝了？”

“喝不喝其实我无所谓的，你知道。”

仆人们抬起了帆布床，绕过那些个绿色的帐篷，沿着岩石往下走，来到旷野上。借着风势，那两堆生烟的火此刻烧得很旺，草已经全烧光了。他们顺着两堆烟火走过去，来到小飞机跟前。把他弄进去很费了些事，但一进飞机，他就躺靠在皮椅子里，将那条伤腿直挺挺地伸到康普顿的驾座一侧。康普顿发动了引擎，然后钻进了飞机。他挥手向海伦和仆人们告别，随着引擎的咔嗒声变成熟悉亲切的轰鸣声，他们摇摇晃晃地转起弯儿来。康培②留神避开疣猪坑穴，飞机轰鸣着，沿着两堆火之间的跑道颠簸着往前冲。随着最后一下颠簸，飞机起飞了，他看见他们都站在下面，朝飞机挥手。那些依山搭建的帐篷现在变得越来越扁平，旷野延展开去，树林成了一小簇一小簇的，那片灌木丛也越来越扁平了。野兽踏出来的那些小径，现

① 坦桑尼亚北部行政区阿鲁莎区的首府。

② 康普顿的昵称。

在看上去都很平坦地伸向一个个干涸的水洼，其中有一处新水源，那是他一直不知道的。斑马现在成了一个个小小的、圆滚滚的脊背。那些大头的小点儿是牛羚，它们像一根根长手指般在旷野上移动时，看上去简直像在爬。飞机的影子过来了，它们四散奔逃，现在它们只有一丁点儿小了，已经看不出它们在飞奔。目力所及，旷野现在是一片灰黄色，眼前则是老康培的粗花呢脊背和棕色毡帽。这时他们正飞过平原尽头的第一排小山，那些牛羚正沿着小径往山上爬。接着，他们飞到了群山的上空，看见了突现的深谷里生长着绿意蓬勃的树林，山坡上绵延着浓密的竹林，然后又是密密的树林，刻画出山峰与山谷，最后交叉在一起。山峦渐渐平缓，接下来是另一片平原。这会儿热起来了，大地变成了紫褐色，飞机又颠簸又热，康培回过头来看看他飞得好不好。前面又是黑压压的一片群山。

接下来他们并没有飞往阿鲁莎，而是转弯向左飞去，显然，康培算下来认为汽油足够了。他向下面望去，看见一片粉红色的、像筛下来的粉一样的云，在大地上方飘移着。从空中望去，它像是一阵无有来处的暴风雪的前锋。他知道，这是蝗虫从南方过来了。接着他们开始爬升，似乎在向东飞去。随后，周围暗了下来，他们飞进了暴雨之中。雨太大了，仿佛他们是从瀑布中穿过似的。然后他们出来了，康培转过头来，咧开嘴笑着，用手指了指。他看见了，在前方，占满视野，宽广如整个世界的，那么雄伟，那么高，在阳光下白得令人无法置信的，那是乞力马扎罗山的方形山巅。这时他明白了，那就是他要去的地方。

就在这个时候，鬣狗在夜里停止了呜咽，开始发出一种奇怪的，差不多像哭一样的人声。女人听到了，不安地动了一下。她没有醒。在梦中，她在长岛的宅子里，那是她女儿初次参加社交活动的前夜。不知怎么的，她父亲在也场，他的态度一直很粗暴。这时，鬣狗发出的哭声太响，把她吵醒了。有一会儿，她不知道自己身在何处，心里很害怕。然后她拿起手电筒，向另一张帆布床照过去：先前哈里一睡着，他们便将他抬了进来。隔着蚊帐，她看得见他的身躯，但不知怎么的，他那条腿钻出来了，耷拉在床边，敷着药的纱布全脱落下来了，她无法再看下去。

“莫洛，”她喊道，“莫洛！莫洛！”

然后她唤道：“哈里，哈里！”然后她提高了声音：“哈里！求求你。哦，哈里！”

没有回应，她听不到他的呼吸声。

帐篷外面，鬣狗还在发着那种哭一样的叫声。但现在她听不见，她的心跳得太厉害了。

白象似的群山

埃布罗河谷①的对岸，是连绵的白色山峦。河谷这一边是一片无遮无盖的大地，见不到一棵树。车站夹在太阳底下的两条铁轨中间。紧贴车站的一侧，一座房子投下一片暖烘烘的阴影。这间酒吧的门敞开着，一道竹珠串编的帘子挂在门口挡苍蝇。美国人和同他一起的那个姑娘坐在房子外面，在阴影中的一张桌子旁边。天很热，从巴塞罗那②来的快车还有四十分钟

① 埃布罗河完全在西班牙境内，是西班牙最长的河流。
② 西班牙名城和第二大城市，濒临地中海。

才会到。火车在这个交会小站停两分钟，然后开往马德里。

“我们喝点儿什么呢？”姑娘问。她脱下了帽子，放在桌子上。

“好热。”男子说。

“那就喝点儿啤酒吧。”

“Doscervezas①。”男子朝门帘里面说。

“大杯的？”门口一个妇人问道。

“对。两大杯。”

妇人端来两玻璃杯啤酒，外带两个毛毡杯垫。她将垫子和啤酒一一放在桌上，看看男子，又看了看姑娘。姑娘正眺望着山峦的峰线。阳光下那些小山呈着白色，旷野则是褐色的，单调乏味。

“那些山看上去像白象②。”她说。

“我从没见过白象。”男子喝着啤酒。

“是啊，你不可能见过。”

“也许我曾经见过呢，”男子说，“光凭你说我不可能见过，那是证明不了什么的。”

姑娘望着珠帘。“帘子上有画儿，”她说，“说的什么意思？”

“AnisdelToro③。一种饮料。”

---

① 西班牙语：两杯啤酒。

② 在印度等国，白象是神圣之物。在英语中，“白象”一词演化出了“昂贵却无用之物”的含义。

③ 西班牙语：大茴香酒。

"尝尝好吗?"

男子朝门帘里面喊了一声:"来人。"妇人从酒吧里走了出来。

"四个里亚尔①。"

"来两杯 AnisdelToro。"

"掺水吗?"

"你要掺水的吗?"

"我不知道,"姑娘说,"掺水好喝吗?"

"挺好喝的。"

"你们想要掺水的吗?"妇人问。

"是,掺水的。"

"这酒的味道像甘草。"姑娘一边说,一边放下玻璃杯。

"都是这样的。"

"是啊,"姑娘说,"都是甘草味儿的。特别是所有你等待了很久的东西,苦艾酒就是。"

"哦,别说了。"

"是你开的头,"姑娘说,"刚才我挺开心。刚才我心情挺好的。"

"好吧,那我们就想办法心情好些。"

"好啊。刚才我一直在努力。刚才我说那些山像白象。这是不是一个光明的想法?"

"很光明。"

---

① 旧时西班牙货币名。

“我还说想要尝尝这种没喝过的饮料。没别的事做呀，就是看看风景，尝尝没喝过的饮料，是不？”

“是这样的。”

姑娘望着河谷对面的山峦。

“那些山很可爱，”她说，“并不是它们真的看上去像白象。我的意思就是，透过树木看山的颜色，很像。”

“再来一杯好吗？”

“好啊。”

暖风吹动下，珠帘拂着桌子。

“这啤酒凉冰冰的，味道很好。”男子说。

“很好喝。”姑娘说。

“那其实是个简单得要命的手术，吉格，”男子说，“甚至根本算不上一个真正的手术。”

姑娘的眼睛看着桌子腿下面的地面。

“我知道你不会在意的，吉格。那真算不上一回事。只不过是放些空气进去。”

姑娘一言不发。

“我和你一起去，我会自始至终在你身边。他们只是放些空气进去，然后就万事大吉，一切如常了。”

“那以后我们怎么办呢？”

“以后我们会好好的，就像以前一样。”

“你怎么会这样想呢？”

“只有这一件事让我们烦恼呀。只有这一件事使我们不快乐。”

姑娘望着珠帘，伸出手来握住两串珠子。

“你觉得然后我们就和和美美，快快乐乐了。”

“那是啊。你不必害怕。我认识不少做过的人。”

“我也认识一些，”姑娘说，“过后他们都过得很快乐。”

“嗯，”男子说，“如果你不愿意，不是非做不可的。你不愿意的话我不会勉强你。不过我了解，那是简单至极的手术。”

“你真的希望我做？”

“我觉得这是最好的办法。但我不希望你勉强去做，你若不是真心愿意的话。”

“假如我做了，你会感到快乐，一切会像从前一样，你会很爱我？”

“现在我也爱你。你知道我爱你。”

“我知道。但假如我做了，我再说一样东西像白象的时候，是不是就又会和和美美了，你会喜欢我那样说？”

“我会很喜欢的。现在我就很喜欢，只是没法子把心思放在上面。你知道我心里面烦恼时是什么德行。”

“假如我做了，你就不会再烦恼？”

“我不会为手术烦恼的，因为它简单极了。”

“那我就做吧。因为我不在乎自己。”

“你这话什么意思？”

“我不在乎自己。”

“嗨，可我在乎你。”

“哦，是的。可我不在乎自己。我把手术做了，然后就万事大吉，一切顺利了。”

“如果你这样想，我倒不希望你去做了。”

姑娘站起身来，走到车站尽头。对面，铁路的另一侧，沿着埃布罗河的两岸，绵延着麦田和树木。远处，大河的另一边，是起伏的群山。一片云影掠过麦田，透过树木，她看到了河流。

“我们原本可以拥有这一切的，”她说，“我们原本可以拥有一切，却弄得一天天越来越不可能了。”

“你说什么?”

“我说我们原本可以拥有一切。”

“现在也可以啊。”

“不，不可能了。”

“我们可以拥有整个世界。”

“不，不可能的。”

“我们可以游遍天下。”

“不，不可能的。我们不再拥有了。”

“世界属于我们。”

“不，不属于。一旦被夺走，就再也要不回来了。”

“可是还没有被夺走呀。”

“我们等着瞧吧。”

“回到阴凉的地方来吧，”他说，“你没必要有这种情绪。”

“我什么情绪也没有，”姑娘说，“只是我心里明白而已。”

“我不会勉强你做任何事，如果你不想做……”

“或者做了对我不好，”她说，“我知道啦。再喝一杯好吗？”

“好啊。但你一定要了解……”

“我了解啦，”姑娘说，“我们可不可以不要再聊了？”

他们在桌边坐下来，姑娘的眼睛望着河谷对面干涸的坡岸上的山峦，男子的眼睛望着姑娘和桌子。

“你一定要了解，”他说，“如果你不愿意做，我是不希望你去做的。如果这件事对你意义重大，我十分愿意整个儿地承担下来。”

“难道它对你来说没什么意义吗？我们原本可以应付的。”

“那当然。不过我什么人也不要，只要你。别的人我谁也不要。而且我知道手术极其简单。”

“是啊，你知道的，手术极其简单。”

“你要这样说我也没办法，不过我确实知道。”

“你现在可以替我做一件事吗？”

“我愿意为你做任何事。”

“那我拜托你，求求你拜托你谢谢你，不要再说了好不好？”

他没再说什么，只把眼睛望着靠在车站墙根的旅行包。包上贴着他们曾经过夜的所有旅馆的标签。

“但我并不希望你做，”他说，“怎么样我也不在乎。”

“我要尖叫了。”姑娘说。

妇人端着两杯啤酒从帘子里走出来，将酒杯放在了已经有点儿湿的杯垫上。“火车五分钟后到。”她说。

“她说什么？”姑娘问。

“再过五分钟火车就到。”

姑娘回给妇人一个明朗的微笑，表示谢意。

“我还是把行李拿到车站另一边去吧。”男子说。她冲他笑了一下。

“好。然后回来我们把啤酒喝完。”

他提起两个沉重的旅行包，绕过车站，把它们送到了另一条铁轨边。他顺着铁轨，向车来的方向望去，但看不见火车的影子。回来时他穿过酒吧，看见候车的人们在里面喝酒。他在吧台边喝了一杯茴香酒，看了看周围的人。他们都在心平气和地等火车。他撩开珠帘走了出去。她正坐在桌边，向他微笑着。

“你感觉好些了?”他问。

“我感觉挺好，”她说，“我没事。我感觉挺好。”

印第安人营地

湖岸边，又一条小划艇被拖了过来。两个印第安人站在那儿等着。

尼克和父亲上了小划艇，坐在船尾。两个印第安人将船推下水去，其中一个上来给他们划船。乔治叔叔坐在皮筏子①的尾部，年轻的那个印第安人将它推下水，上去给乔治叔叔当桨手。

① 原文为“camprowboat”，这是印第安人营地迁徙时随同携带的一种轻便小船，通常用兽皮蒙在船骨架上制成，故干脆作此译。

黑暗中两只小船离了岸。尼克听见另一只船的桨架发出的声响，夜雾中在他们前头挺远。两只船上的印第安人一下一下快速地划着，搅起一轮轮的水浪。尼克仰面躺倒，父亲的手臂搂着他。湖面上很冷。给他们划船的印第安人非常卖力，但这段时间里，夜雾中另一只船跑在前头更远了。

“我们去哪儿，爸爸？”尼克问。

“去那边印第安人的营地。有个印第安女人病得很厉害。”

“哦。”尼克说。

他们到达湖湾对岸时，发现另一只船已在湖滩上。乔治叔叔在黑暗中抽着雪茄。年轻印第安人过来，将他们的船拖上了湖滩。乔治叔叔递给印第安人一人一支雪茄。

他们离开湖滩，穿过一片湿漉漉浸透了露水的草地往前走，年轻印第安人提着一盏灯走在前头。接着他们进了一片树林，顺着一条小径，来到一条折向山里的伐木道上。这条路上的光线亮多了，因为路两边的树木都已经被砍伐掉了。年轻印第安人停住脚，吹灭了灯，一行人沿着伐木道继续前行。

转过一个弯后，一条狗吠叫着冲了出来。前面，几座棚屋里透出灯光来，里面住的是以剥树皮①为生的印第安人。又有几条狗冲出来，两个印第安人将它们喝叫回棚屋里去了。最靠近路边的那座棚屋的窗户上映着灯光，一个老妇人举着一盏灯站在门口。

屋子里，一张木板床上躺着一个年轻的印第安女人。已经

---

① 给伐倒的树木剥皮。

两天了，她还没有把孩子生下来。营地里所有的老妇人都过来帮她了。男人们跑到听不见她的叫喊声的地方，在黑暗中坐在路边抽烟。尼克和他的爸爸、两个印第安人，还有乔治叔叔走进棚屋的时候，她正在尖叫。她躺在下铺，被子下面肚子高高地隆起。她的脑袋扭向一侧。上铺是她的丈夫。三天前，他用斧子干活儿时砍伤了自己的脚，伤得很重。他正在抽烟斗。屋子里的气味很难闻。

尼克的父亲叫人在炉子上烧些水，趁烧水的时间，他同尼克说话。

“这位夫人要生孩子了，尼克。”他说。

“我知道。”尼克说。

“你并不知道，”父亲说，“听我说。她正在经历的过程叫作阵痛。婴儿想生下来，她想把婴儿生下来。她全身的肌肉都在努力，要把婴儿生下来。这就是她尖叫的时候发生的事。”

“我明白了。”尼克说。

就在这个时候，女人又尖叫起来。

“哦，爸爸，你不能给她点儿东西，让她不叫吗?”尼克问。

“没办法。我没带麻药，”他父亲说，“叫就叫吧，这不重要。我只当听不见，因为这不重要。”

上铺女人的丈夫翻了个身，脸冲着墙。

厨房里的妇人向医生打了个手势，告知水热了。尼克的父亲走进厨房，将大水壶中的水倒了大约一半在盆里。他解开手绢，把包在里面的几样东西放进了壶中剩下的水里。

“这水要烧开。”他说着，拿出从营地带来的一块肥皂，开始在那盆热水中洗手。尼克看着父亲的两只手上打了肥皂，互相揉搓着。父亲一边仔仔细细地洗手，一边同尼克说话。

“你瞧，尼克，婴儿出生时一般是头先出来的，但有时不是。如果不是的话，就会给大家造成许多麻烦。也许我得给这位女士动手术呢。一会儿就知道了。”

他觉得手洗得够干净了，便走进去，准备干活儿。

“你来把被子撩开好吗，乔治？”他说，“我还是不要碰它的好。”

过了一会儿，他开始动手术了。乔治叔叔和三个印第安人将女人按住，不让她动。她咬住了乔治叔叔的手臂，乔治叔叔说：“该死的狗婆娘！”给乔治叔叔划船的年轻印第安人听了直笑他。尼克为父亲端着盆。手术进行了很长时间。父亲将婴儿抱出来，拍一拍，让他开始呼吸，然后递给老妇人。

“看到了吧，是个男孩儿，尼克，”他说，“怎么样，做个实习医生感觉还不错吧？”

尼克说：“还好。”他眼睛望着别处，以免看见父亲正在做的事。

“行了，这样就完成啦。”他父亲一边说，一边将一样东西放进盆里。尼克不去看。

“现在还有缝几针的活儿要干。你看也行，不看也行，随便你，尼克。我得把我切开的口子缝合好。”

尼克没有看。他的好奇心早已经消失啦。

他父亲干完活儿，站直了身子。乔治叔叔和三个印第安人也站了起来。尼克把盆子端出去，放在厨房里。

乔治叔叔瞅着自己的手臂。年轻印第安人笑着，仿佛想起了什么似的。

“待会儿我给你涂点儿双氧水，乔治。”医生说。他向印第安女人俯下身去。现在她安静了，眼睛闭拢着。她脸色苍白。她不知道婴儿的情形，对周围的情形也一概不知。

“明天上午我再过来，”医生站直了身子，说道，“圣伊格纳斯的护士大概中午到，她会带来我们需要的所有物品。”

他感到兴奋，话多起来了，就像更衣室里刚踢完一场球的足球队员一样。

“这例手术可以上医疗杂志了，乔治，”他说，“用一把大折刀做剖腹，用九英尺捻细的肠衣线缝合。”

乔治叔叔靠墙站着，看着自己的手臂。

“哦，你是个了不起的人，确实是的。”他说。

“该看一下那位得意的爸爸了。在这种小事情上，他们往往是最受煎熬的人，”医生说道，“我得说，他对待这件事倒是平静得很呢。”

他撩开蒙在那印第安人头上的毯子。他的手挪开时是湿的。他踩住下铺的边沿，提起身子，一只手举着灯，朝上铺望去。那印第安人脸朝墙侧卧着。从左耳根到右耳根，他的喉咙被割开了一道口子。流出来的血在他的身体陷进床褥处形成了血泊。他的头枕在左臂上，打开的剃刀掉在毯子上，锋刃朝上。

“带尼克离开屋子，乔治。”医生说。

没那个必要了。尼克就站在厨房门口，当父亲一手举着灯，将那印第安人的脑袋翻过来时，上铺的情形他看得清清楚楚。

父子俩沿着伐木道走回湖边时，天刚蒙蒙亮。

“非常抱歉，我不该带你来的，尼基①。”父亲说，手术后的兴奋劲儿已经无影无踪，“太糟糕了，让你从头看到尾。”

“夫人们生孩子都是这样遭罪的吗？”尼克问。

“不是的。那是个非常、非常少见的例外。”

“他为什么要自杀呀，爸爸？”

“我不知道，尼克。我猜，大概是他经不住事情吧。”

“自杀的人很多吗，爸爸？”

“不是很多，尼克。”

“女人自杀的多吗？”

“很少见的。”

“从来没有吗？”

“嗯，也有。有时候有。”

“爸爸？”

“嗯？”

“乔治叔叔去哪儿了？”

“他会来的，不会有事的。”

“死是很难的事情吗，爸爸？”

---

① 尼基是尼克的昵称。

“不难，我想，死是很容易的事，尼克。要看具体情况。”

他们在船里面落了坐，尼克在船尾，他父亲划桨。太阳正从山峦后面升起来。一条鲈鱼跳出水，在湖面上荡起一圈涟漪。尼克把手伸下去，让它在水里拖行。在寒意凛冽的清晨，水给人暖和的感觉。

在初晨的湖面上，他坐在船尾，父亲划着船，他心里面十分笃定，觉得自己永远不会死。

杀　手

亨利餐厅的门开了，进来两个男子。他们在柜台边坐下。

“二位要点什么？”乔治问他们。

“我不知道，”其中一人说，“你想吃什么，艾尔？”

“我不知道，”艾尔说，“我不知道我想吃什么。”

外面天色在渐渐暗下来。窗外，街灯亮了。柜台边的两个男子在看菜单。柜台另一头，尼克·亚当斯注视着他们。刚才他们进来的时候，他正同乔治说话。

“我要一份烤猪腰肉加苹果酱和土豆泥。”第一个男子说。

“这个还不能上。”

“真见鬼，那你们干吗写在菜单上？”

“那是晚餐，”乔治解释说，“到六点钟就可以给你上了。”

乔治望了一眼柜台后面墙上的挂钟。

“现在是五点。”

“钟上是五点二十。”第二个男子说。

“这钟快二十分钟。”

“嗬，让这个烂钟见鬼去吧，”第一个男子说，“你们这儿到底有什么吃的？”

“各种三明治都有，”乔治说，“你们可以点火腿加蛋、培根加蛋、猪肝加培根，或者叫一份牛排。”

“给我来一份炸鸡肉饼，加青豆、奶油沙司和土豆泥。”

“那是晚餐。”

“我们要哪一样，哪一样就是晚餐，呃？你们就这样糊弄人。”

“我可以给你上火腿加蛋、培根加蛋、猪肝……”

“我就来一份火腿加蛋吧。”名叫艾尔的男子说道。他头戴一顶常礼帽，穿一件胸前一排横扣的黑色大衣。他脸盘子小而白，嘴唇抿得紧紧的。他还围一条丝绸围巾，戴着手套。

“给我来一份培根加蛋。”另一个男子说。他的个头儿和艾尔差不多。两个人脸长得不像，衣服却穿得像孪生兄弟。两人的大衣都紧绷在身上。他们上身前倾着坐在那儿，胳膊肘支在柜台上。

“有什么喝的吗？”艾尔问。

“银标啤酒，bevo①，姜汁汽水。”乔治说。

“我的意思是，有什么可以喝的？”

“就我说的这些。”

“这是个很热的镇子，”另一个男子说，“叫什么名？”

“苏密特。”

“听说过吗？”艾尔问同伴。

“没听说过。”同伴说。

“你们这儿晚上干些什么？”艾尔问。

“吃晚饭，”同伴说，“大家都来这儿吃晚饭。”

“对啊。”乔治说。

“你认为很对？”艾尔问乔治。

“那当然。”

“你是个聪明伶俐的小子，对吗？”

“那当然。”乔治说。

“嗯，不像，”另一个小个子男人说，“他像不像很聪明伶俐，艾尔？”

“他呆头呆脑的，”艾尔说，然后转过身去对着尼克，“你叫什么名字？”

“亚当斯。”

“又一个聪明伶俐的小子，”艾尔说，“他倒像是很聪明伶俐，是吧，马克斯？”

“这镇子里到处是聪明伶俐的小子。”马克斯说。

---

① 这是美国禁酒时期开发出来的一种软饮料，存在时间很短。

乔治把两个大盘子放在了柜台上，一盘火腿加蛋，一盘培根加蛋。他又端来两碟煎土豆，然后关上了通向厨房的小门。

“哪一份是你要的？”他问艾尔。

“你不记得了？”

“火腿加蛋。”

“真是个聪明伶俐的小子。”马克斯说。他前倾着身子，吃起火腿和蛋来。两个人都戴着手套吃饭。乔治看着他们吃。

“你看什么看？”马克斯瞪着乔治。

“没看什么。”

“见你的鬼。你在看着我。”

“也许这小子是在看着玩儿，马克斯。”艾尔说。

乔治笑了。

“你没有必要笑，”马克斯对他说，“你根本没必要笑，明白？”

“行。”乔治说。

“这么说他认为行，”马克斯转过脸去对着艾尔，“他认为行。这是个好想法。”

“哦，他是个思想家。”艾尔说。他们接着吃饭。

“柜台那一头那个聪明伶俐的小子叫什么名字？”艾尔问马克斯。

“嗨，聪明伶俐的小子，”马克斯对尼克说，“你跟你的朋友一起，到柜台另一边去。”

“什么意思？”尼克问。

“没什么意思。”

“你最好还是过去，聪明伶俐的小子。”艾尔说。尼克绕到柜台后面去了。

“什么意思？”乔治问。

“没你该死的什么事，”艾尔说，“谁在厨房里？”

“黑佬。”

“黑佬是什么意思？”

“那个黑人，厨子。”

“叫他进来。”

“什么意思？”

“叫他进来。”

“你以为这是什么地方？”

“这是什么鬼地方我们清楚得很，”名叫马克斯的人说，“我们像是傻子吗？”

“你这样说话倒是像傻子，”艾尔对他说道，“见鬼，你跟这小子争什么？听好了，”他对乔治说，“叫黑佬出来，到这儿来。”

“叫他干吗？你们要干什么？”

“什么也不干。用用脑子，聪明伶俐的小子。我们会对一个黑佬干什么呢？”

乔治打开了向厨房里面开的窄口子小窗。“山姆，”他叫道，“你出来一下。”

厨房门打开，黑佬走了进来。“什么事？”他问。柜台边的两个男子打量了他一眼。

“行了，黑佬。你就站在那地方。”艾尔说。

黑佬，也就是系着围裙的山姆，站在那儿不动，望着柜台边坐着的两个男子。“是，先生。”他说。艾尔从高脚凳上下来了。

“我跟黑佬和聪明伶俐的小子回厨房去，”他说，“走吧，回厨房，黑佬。你跟着他，聪明伶俐的小子。”小个子男人跟在尼克和厨子山姆后面，走进了厨房。门在他们身后关上了。名叫马克斯的男子坐在柜台边，跟乔治面对面。他并没有看乔治，而是看着柜台后面很长的一面镜子。亨利餐厅原是一间酒吧，后来改成餐厅的。

“嗯，聪明伶俐的小子，”马克斯看着镜子里面说道，“你怎么不吭声？”

“这到底是怎么回事？”

“嗨，艾尔，”马克斯喊道，“聪明伶俐的小子想知道这到底是怎么回事。”

“你干吗不告诉他？”艾尔的声音从厨房里传来。

“你觉得这是怎么回事？”

“我不知道。”

“那你觉得呢？”

马克斯说话的时候一直看着镜子里。

“我不想说。”

“嗨，艾尔，聪明伶俐的小子说，他不想说他觉得这是怎么回事。”

“我听得见你们说的话。”艾尔在厨房里说。窄口子小窗被他打开了，那是盘子和番茄酱瓶子递进递出的地方。“听着，聪明伶俐的小子，”他从厨房里对乔治说道，“沿着餐柜稍微站前面一点儿。你稍微向左边移一点儿，马克斯。”他像是摄影师在安排拍合影照一样。

“回我的话，聪明伶俐的小子，”马克斯说，“你觉得会发生什么事？”

乔治一声不吭。

“我来告诉你吧，”马克斯说，“我们要杀一个瑞典人。你认识一个名叫奥尔·安德森的瑞典人吗？”

“认识。”

“他每天晚上来这儿吃饭，是不是？”

“他有时会来。”

“他六点钟来，是不是？”

“如果他来的话。”

“我们全都了解，聪明伶俐的小子，”马克斯说，“聊点儿别的事情吧。看过电影吗？”

“偶尔看一回。”

“你应该多看电影。看电影对你这种聪明伶俐的小子有好处。”

“你们为什么要杀奥尔·安德森呢？他干了什么对不住你们的事？”

“他不曾有过这个机会。他连我们的面都没有见过。”

“他会有机会见我们一次，唯一的一次。”艾尔在厨房里说道。

"那你们杀他是为了什么呢?"乔治问。

"我们杀他是为了一个朋友。只是帮朋友一个忙，聪明伶俐的小子。"

"闭嘴，"艾尔在厨房里说道，"你他妈的说得太多了。"

"嗯，我得让聪明伶俐的小子开开心心的呀。我让你开心了吗，聪明伶俐的小子?"

"你说得太多了，"艾尔说，"黑佬和我这个聪明伶俐的小子他们会自个儿开心。我把他俩捆在一起了，就像修道院里的一对女同性恋一样。"

"这么说，你在修道院里待过?"

"我不会告诉你的。"

"你在犹太教修道院里待过。那就是你的出处。"

乔治抬头看看钟。

"如果有人进来，你就说厨子不在。如果他们不肯罢休，你就对他们说，你自己去后面给他们做。明白了吗，聪明伶俐的小子?"

"没问题，"乔治说，"办完事后你们怎样处理我们?"

"那要看情况了，"马克斯说，"有许多事情当时你是不可能知道的，这就是其中一件。"

乔治抬头看钟。六点一刻。临街的门开了，走进来一个有轨电车司机。

"哈啰，乔治，"他说，"晚饭有得吃吗?"

"山姆出去了，"乔治说，"他大概半小时后回来。"

"我还是另找一家店吧。"有轨电车司机说。乔治看着钟。

六点二十分。

“表现挺好，聪明伶俐的小子，”马克斯说，“你是个规矩的小绅士。”

“他知道不然我会打爆他的脑袋。”艾尔在厨房里说道。

“不，”马克斯说，“不是那样的。聪明伶俐的小子挺好。他是个好小子。我喜欢他。”

六点五十五分时，乔治说：“他不会来了。”

之前餐厅里又来过两个人。其中一回乔治下厨房，做了一只火腿加蛋三明治“外卖”，给一个人带走。他在厨房里看见艾尔将常礼帽歪戴在脑后，坐在窗口边一张凳子上，一支锯短了的滑膛枪的枪口搁在小窗的窗台上。尼克和厨子被背靠背绑着待在角落里，各人嘴里塞了一条毛巾。乔治做好三明治，用油纸包好，放进一只袋子里，拿出厨房。客人付了钱，走了。

“聪明伶俐的小子样样事都会做，”马克斯说，“他会做菜，会做各种事。你会把个大姑娘变成好老婆的，聪明伶俐的小子。”

“是吗?”乔治说，“你的朋友奥尔·安德森不会来了。”

“我们再给他十分钟。”马克斯说。

马克斯注视着镜子和钟。钟的指针指向七点，然后到了七点零五分。

“得啦，艾尔，”马克斯说，“我们还是走吧。他不会来了。”

“最好再给他五分钟。”艾尔在厨房里说。

这五分钟里进来了一个客人，乔治解释说厨子生病了。

“见鬼，你们干吗不另请个厨师?”那人责问道，“难道你们开的不是餐厅?”然后走了出去。

“得啦，艾尔。”马克斯说。

“这两个聪明伶俐的小子和黑佬怎么办?”

“他们没问题。”

“你觉得没问题?”

“肯定。我们的事情完成啦。”

“我不喜欢这样，”艾尔说，“太草率。你说得太多了。”

“噢，见鬼，”马克斯说，“我们得一直开开心心的，我们不是很开心吗?”

“你还是说得太多了。”艾尔说。他从厨房里走了出来。紧绷绷的大衣下面，滑膛枪锯短的枪管在他腰间鼓起了一小块。他用戴手套的手将衣襟拉拉直。

“再会了，聪明伶俐的小子，”他对乔治说道，“你真走运。”

“这是实话，”马克斯说，“你该去赌马，聪明伶俐的小子。”

两个人出门而去。乔治透过窗户，看着他们从弧光灯下经过，走到大街对面。那副穿着紧绷绷的大衣、戴着常礼帽的模样，倒像是玩儿杂耍卖艺的。乔治穿过双开式弹簧门，回到厨房，给尼克和厨子松了绑。

“我再也不想遭这种罪啦，”厨子山姆说，“我再也不想遭这种罪啦。”

尼克站起身来。他还从来没让人用毛巾塞住嘴过呢。

“切，”他说，“搞什么鬼？”他在壮胆压惊。

“他们要杀奥尔·安德森，”乔治说，“他们要趁他进来吃饭时开枪杀死他。”

“奥尔·安德森？”

“没错。”

厨子用两个大拇指摸着嘴角。

“两人都走了？”他问。

“是的，”乔治说，“已经都走了。”

“我不喜欢这种事，”厨子说，“我一点儿也不喜欢这种事。”

“听着，”乔治对尼克说，“你最好去看一下奥尔·安德森。”

“行。”

“你还是一点儿也不要搅和进去的好，”厨子山姆说，“最好离这种事远一点儿。”

“你要是不想去就别去。”乔治说。

“搅和到这种事里面去不会有好结果的，”厨子说，“躲远点儿。”

“我要去看他，”尼克对乔治说，“他住哪儿？”

厨子转身走开了。

“毛孩子总是知道自己想干什么的。”他说。

“他住在后面赫希家的出租公寓里。”乔治对尼克说。

“我去那儿看他。”

店外，弧光灯的灯光透过一棵树光秃秃的枝丫散落开来。

尼克走到街上，靠着电车的轨道往后走。他在下一盏弧光灯处拐弯，折入一条巷子，走过三幢房子后，便来到了赫希家的出租公寓。尼克走上两级台阶，摁响门铃。一个妇人来应门。

“奥尔·安德森住这儿吗？”

“你想见他？”

“是的，不知他在不在家。”

尼克跟着那妇人上了一段楼梯，接着往后走，来到一条走廊的尽头。她敲了敲门。

“谁呀？”

“有人想见你，奥尔·安德森先生。”她说。

“我是尼克·亚当斯。”

“进来。”

尼克推开门，走进房间。奥尔·安德森和衣躺在床上。他曾经是个重量级职业拳击手，那张床对于他来说，实在是短了些。他脑袋下面垫着两个枕头，躺在那儿眼睛没望着尼克。

“什么事？”他问。

“我在前面亨利餐厅上班，”尼克说，“有两个家伙闯进来，把我和厨子绑住，他们说要杀了你。”

听上去，他好像在说傻话似的。奥尔·安德森一言不发。

“他们把我俩关在厨房里，”尼克接着说道，“等你来店里吃晚饭的时候，开枪杀了你。”

奥尔·安德森眼睛望着墙壁，一言不发。

“乔治觉得我最好来一趟，告诉你这件事。”

“这件事我没辙。”奥尔·安德森说。

"我跟你说说那两人的长相吧。"

"我不想知道他们的长相。"奥尔·安德森说。他眼睛望着墙壁。"谢谢你过来告诉我这件事。"

"不客气。"

尼克望着躺在床上的大个子。

"要不要我去警察局报个案?"

"不用了,"奥尔·安德森说,"没用的。"

"有什么我可以帮忙的呢?"

"不用了,这事没有任何办法的。"

"也许就是吓唬你一下。"

"不,不只是吓唬一下。"

奥尔·安德森翻了个身,面对着墙。

"唯一的问题是,"他对着墙壁说道,"我就是下不了决心出门去。我已经在这儿待一整天了。"

"你出城去不行吗?"

"不了,"奥尔·安德森说,"跑来跑去的,我已经够了。"

他望着墙壁。

"现在已经没有任何办法了。"

"找个办法,把这事给化解了,不行吗?"

"不行。我已经拔不出脚了。"他的声音依然像先前一样没有起伏,"已经没有任何办法了。待会儿我会下个决心出门去的。"

"我还是回去见乔治吧。"尼克说。

"再会了。"奥尔·安德森说。他的目光并没有望着尼克,

“多谢你来跑一趟。”

尼克走出了房间。随手关上门的时候，他看见，奥尔·安德森和衣躺在床上，眼睛望着墙壁。

“他已经在房间里待了一整天，”到了楼下，女房东对他说，“我看他是生病了。我对他说：‘奥尔·安德森先生，这么晴朗的秋日，你该出去走走。’但是他不喜欢出去。”

“他不想出门。”

“他不舒服我真难过，”妇人说，“他是个极好的好人。你知道，他是打拳的。”

“我知道的。”

“你不看他脸上的神情，永远想象不出他是个多好的人，”妇人说，“而且很绅士。”

“嗯，晚安，赫希太太。”尼克说。

“我不是赫希太太，”妇人说，“这地方是赫希太太的产业。我只是帮她照看照看。我是贝尔太太。”

“嗯，晚安，贝尔太太。”尼克说。

“晚安。”妇人说。

尼克沿着黑乎乎的街巷走到弧光灯下的拐角，然后挨着电车轨道走回到亨利餐厅。乔治在餐厅里，在柜台后面。

“见到奥尔了？”

“见到了，”尼克说，“他待在房间里，不想出门。”

听见尼克的声音，厨子从厨房里面把门打开了。

“我听也不想听。”他说，然后又把门关上了。

“你把事情都告诉他了？”乔治问。

“当然。我告诉他了，但他全都心里有数。”

“他准备怎么办?”

“什么也不办。”

“他们会杀了他的。”

“我觉得也是。”

“他一定是在芝加哥搅和到什么事情里去啦。”

“我也这么想。”尼克说。

“这真是一件混账透顶的事。”

“这件事太可怕啦。”尼克说。

他们不吭声了。乔治伸手拿了一条毛巾，擦起柜台来。

“我真纳闷儿，他究竟干了什么?”尼克说。

“出卖了什么人吧。他们一般都是为这个原因杀人。”

“我想离开这个城市。”尼克说。

“好，”乔治说，“那倒是一件好事。”

“他待在房间里，明知道已经大难临头，想到这个我心里面就受不了。见鬼，真是太可怕了。”

“嗯，”乔治说，“你还是不要去想它了吧。”

一个干净明亮的地方

很晚了，小酒馆里的人已走光，只剩下一个老人，坐在一棵树的树叶挡着电灯光形成的阴影里。白天的时候，大街上尘埃飞扬；到了晚上，尘埃便被露水压住了。老人喜欢坐到很晚，因为他是聋子，而这个时候很静，他能感觉到其间的差异。小酒馆里的两个侍者知道，老人已经微醉。他是个好主顾，但他们知道，如果他醉得太厉害，他会不付账就走。所以，他们一直留意着他。

“上个礼拜他曾经要自杀。”一个侍者说。

“为什么？”

“他想不开了。”

“为了什么事？”

“算不上一回事的事情。”

“你怎么知道算不上一回事？”

“他很有钱。”

他们一起坐在小酒馆门边靠墙的一张桌子旁边，望着露台。露台上所有的桌子都已经空了，只有老人独自占着一张，坐在随风轻轻摇曳的树叶的阴影里。街上走过一个姑娘和一个士兵。街灯的光照亮了士兵衣领上的铜领章号码。姑娘没戴帽子或头巾，脚步匆匆地在他旁边走着。

“警卫队会把他抓走的①。”一个侍者说。

“管他呢，能得到他追求的东西就行。”

“他还是马上离开这条大街的好。警卫队会逮到他的。五分钟前他们刚从这儿过。”

坐在阴影里的老人用玻璃杯敲了敲托碟。年纪小些的那个侍者走了过去。

“你想要什么？”

老人望望他。“再来一杯白兰地。”他说。

“你会醉的。”侍者说。老人望望他。侍者走开了。

“他会在这儿待一整夜的，”他对同伴说，“我已经觉得困

---

① 这里的“警卫队”指的是西班牙国民警卫队，按照这里的描述，该士兵估计是违反规定从军营里偷跑出来会情人的。

了。我从来没在三点钟之前上床睡觉过。他本来上个礼拜就应自杀死掉了。”

那个侍者从小酒馆柜台里又拿了一瓶白兰地、一只托碟，快步走出来。走到老人的桌子跟前，他放下托碟，然后给老人的玻璃杯里倒满酒。

“你本来上个礼拜就应自杀死掉了。”他对聋子说道。老人用手指打了个手势。“再加一点儿。”他说。侍者接着往玻璃杯里倒酒，白兰地溢了出来，沿着高脚杯的柄脚，流进了一叠托碟最上面的一只。“谢谢你。”老人说。

侍者将酒瓶放回酒馆里，然后又和同伴一起坐在门边的桌旁。

“这会儿他已经醉了。”他说。

“他每晚都喝醉。”

“他为了什么事情想自杀?”

“我怎么知道呢?”

“他是怎样自杀的?”

“他找了一根绳子上吊。”

“谁把绳子割断的?”

“他的侄女。”

“干吗要救他?”

“担心他的灵魂。”

“他有多少钱?”

“很多很多。”

“他一定有八十岁了。”

“再怎么说也得有八十了。”

“希望他早点儿回家去。我从来没在三点钟之前上床睡觉过。那么晚的时辰睡觉，算什么事儿呀？”

“他熬夜是因为他喜欢。”

“他孤身一人。我可不是孤身一人。我有个老婆在床上等着我呢。”

“他也有过老婆。”

“现在他有老婆也没用啦。”

“不能这么说。他要是有个老婆，会好很多。”

“他有侄女在照顾他。你说过，是她割断绳子把他放下来的。”

“我知道。”

“我可不想活到那么老。人老了脏兮兮的讨人嫌。”

“不全是那样。这老头儿很整洁啊。他喝酒从不滴滴答答往外漏。就连现在喝醉了也是。你瞧他。”

“我不想瞧他。我希望他回家去。他一点儿也不顾及我们这些不干活儿没饭吃的人。”

老人从玻璃杯上抬起头来，看看广场，又看看两个侍者。

“再来一杯白兰地。”他指着杯子，说道。心急要回家的侍者走了过去。

“结束，”他说，就像蠢笨之人对醉鬼或者外国人说话时那样，完全不讲句法，“今夜没有了。打烊了，现在。”

“再来一杯。”老人说。

“没有了。结束。”侍者一边用毛巾擦着桌子边沿，一边摇头。

老人站起身来，慢慢地数了数托碟，从口袋里掏摸出一只装硬币用的皮革钱袋，付了酒钱，另外留下半个比塞塔①作小费。

侍者望着他沿大街向前走去。一个很老的老人，步履不稳，但步态中不乏尊严。

“你干吗不让他待在这儿再喝两杯？”那个不心急回家的侍者问道，这时他们正在关百叶窗，“还不到两点半呢。”

“我想回家睡觉。”

“晚一个钟头又有什么大不了呢？”

“他无所谓，对于我可不一样。”

“一个钟头没什么大不了。”

“听你说话的口气，你自己已经像个老头儿了。他可以买一瓶，带回家去喝呀。”

“那不一样。”

“是，不一样。”有老婆的侍者表示同意。他不想做人不公道。他只是急着想回家。

“你怎样呢？你不怕没到平常的钟点就回家？”

“你这是想侮辱我？”

“不，老弟，只是开个玩笑。”

“我不怕，”心急回家的侍者说，他已经把金属百叶窗拉下，直起了身子，“我有信心。我完全有信心。”

“你有青春、信心和工作，”年纪大些的侍者说，“你一切都有了。”

---

① 西班牙基本货币单位。

“你缺少什么呢?”

“都有了，就缺工作。”

“我有的你样样都有啊。”

“不，我从来都没有信心，而且我也不年轻了。”

“得啦。别胡扯了，锁门吧。”

“我属于喜欢在小酒馆里待到很晚的那一类人，”年纪大些的侍者说道，“跟所有不想上床睡觉的人，所有在夜里面需要一盏灯陪着的人站在一起。”

“我想回家，上床睡觉。”

“我们是两种不同类型的人。”年纪大些的侍者说，此刻他已经换好衣服，准备回家了。“这不只是一个青春和信心的问题，虽然青春和信心是些很美丽的东西。每天夜里我都很不情愿打烊，因为可能有人需要这小酒馆。”

“老兄，有酒店通宵开门的呀。”

“你没理解我的意思。这是一间令人愉快的干净酒馆，光线明亮，灯光好，加上现在又有了树影。”

“晚安。”年纪小些的侍者说。

“晚安。”年纪大些的侍者应道。他关掉电灯，继续刚才的交谈，同自己聊。当然是灯光的作用，但也必须地方干净，令人愉快。你不想听音乐。你肯定不想听音乐。你也不可能很有尊严地站在柜台前面，虽然这些时辰吧台里供应的只有尊严。他惧怕什么呢？那不是惧怕，也不是担忧。他知道得很清楚，那是虚无。全都是虚无，人也是虚无。虚无和灯光便是所需要的一切，加上一定程度的整洁和秩序。有些人生活在其中却从来都浑然不觉，但是他知道，全都是虚无为了虚无，虚无为了虚无。我们的虚无就在虚无之中，虚无是你的名字、你的王国。虚无是你的将来。虚无中的虚无原本就在虚无之中。给我们这个虚无吧，我们的日常虚无使我们的虚无成为虚无，因为我们原本就虚无了我们的虚无，请不要将我们虚无进虚无，而是把我们从虚无中解放出来，为了虚无。为充满虚无的虚无而欢呼，虚无与尔同在。他微笑着，站在一个吧台前面，吧台上有一台闪闪发亮的蒸汽压力咖啡机。①

“你想喝点儿什么?”吧台侍应生问道。

“虚无。”

“又一个疯子。”吧台侍应生说，然后转过身去。

“来一小杯。”小酒馆的侍者说。

吧台侍应生给他倒了一杯。

“灯光明亮，也令人愉快，但是吧台没有擦干净。”小酒馆的侍者说。

吧台侍应生看了他一眼，但是没有搭腔。夜已深了，不聊了。

“再来一小杯?”吧台侍应生问道。

“不了，谢谢。”小酒馆的侍者说，然后走了出去。他不喜欢酒吧和酒店。一间干净明亮的小酒馆就大不一样了。现在他不再多想，他要回家，回到自己的房间里去。他会在床上躺下，最后，在天亮的时候睡着。他对自己说，这终究可能只是失眠而已。一定有许多人患有失眠症。

---

① 这一节原文中夹杂着西班牙文。

在密执安北部

吉姆·吉尔默是从加拿大来到霍顿斯湾的。他从老人霍顿手里将铁匠铺盘了下来。吉姆生得又矮又黑，留着两撇很浓的八字须，一双手很大。他是个钉马掌的好匠人，但即便系着皮围裙，他也不太像个铁匠。他住在铁匠铺楼上，吃饭在 D. J. 史密斯家搭伙。

莉兹·科茨在史密斯家干活儿。史密斯太太是个很白净的大块头女人。她说，莉兹·科茨是她见过的最干净利落的姑娘。莉兹长着一双好看的腿，总是系一条洁净的方格花布围裙，吉姆注意到她的头发总是整整齐齐梳到脑后。他喜欢她那张脸，因为它总是快快活活的。不过，他并没有将她放在心上。

莉兹非常喜欢吉姆。她喜欢看他从铺子里走过来时的样子，常常跑到厨房门口，看他顺着马路走过来。她喜欢他留胡子。她喜欢他笑起来露出一口白牙。他的模样不像个铁匠，这一点她非常喜欢。D. J. 史密斯和史密斯太太很喜欢吉姆，这一点她也喜欢。有一天，他在屋外的洗脸池子边擦洗身子，她发现自己喜欢他手臂上毛那么黑，手臂上没被晒到的地方那么白。居然喜欢这些，她自己也觉得好笑。

霍顿斯湾这个小镇，只不过是博伊恩城和夏洛瓦之间的主干道旁边的五户人家。镇上有个杂货铺兼邮局，它竖着个高大的假门脸，门前说不定还拴着一辆马车。史密斯家的宅子、斯特劳德家的宅子、迪尔沃思家的宅子、霍顿家的宅子，还有凡·胡森家的宅子，那些房子掩映在一片挺大的榆树林里。大道上积满了沙土。道路两边，都是农田和产木材的林子。往一个方向去是卫理公会教堂，另一个方向是镇办学校。铁匠铺被漆成红色，在学校对面。

一条很陡的沙土路从小山上下来，穿过林子向海湾而去。从史密斯家的后门口望出去，你的目光可以越过林子，看见树林绵延到湖滨，并且看得到湖湾的另一边。春夏两季，景色非常美丽，湖湾呈现蓝色，那么明亮。风从夏洛瓦和密执安湖刮来的时候，湖面上常常会翻腾起超出临界点的白帽浪①。从史密斯家后门口，莉兹看得见远远的湖里面，装矿石的驳船在驶向博伊恩城。她一直望着那些船时，它们仿佛一点儿也没在移动，但如果她回到厨房里接着干活儿，等她将盘子碟子擦干再出来看时，它们已经驶出视野，不见了踪影。

现在莉兹整天想着吉姆·吉尔默了。但吉姆似乎不怎么注意莉兹。他同 D. J. 史密斯聊铁匠铺的事情，聊共和党，还聊詹姆斯·G. 布莱恩②。晚上他要么在前屋里凑着灯光读《托雷多刀锋报》和《大急流报》，要么提一盏篝灯，同 D. J. 史密斯一起出门，到湖湾里去叉鱼。秋天的时候，他同史密斯和查理·怀曼赶一辆马车，带上帐篷、食物、斧子、来复枪和两条狗，出去旅行，到范德比尔特另一边的松树平原上去猎鹿。他们动身前，莉兹和史密斯太太花了四天时间为他们烹制食物，莉兹想特别做点儿东西给吉姆带在路上吃，但最后还是没有做，因为她不敢跟史密斯太太要鸡蛋和面粉，又担心如果自己去买原料，做的时候会被史密斯太太逮到。其实，史密斯太太这边是不会有什么问题的，但莉兹不敢。

吉姆去外地猎鹿的那段时间里，莉兹一直在想着他。他不在，日子真是难熬。她想念他，弄得觉也睡不好。不过她发

---

① 海明威有时会使用术语，其实，这里说的就是白色的浪花。波浪陡起的坡度超过一定限值时，波峰便会破碎，形成白色浪花，这就是所谓的白帽浪。

② 美国十九世纪后期共和党的领袖人物，曾担任众议院议长和两任国务卿，并曾竞选总统，以微弱劣势落败。

现，想念他也是一件挺有趣的事。自己心情放松，感觉就会好些。他们回来前那天晚上，她一夜没睡着。其实是她以为自己一点儿也没睡着，因为，究竟是在梦里面没睡着还是真没睡着，她分不清楚。看见马车从大路上过来的时候，她感觉人好像虚脱了。她急不可待，看到吉姆现身才安下心来，仿佛他一到，就一切都会好。马车在外面那棵大榆树下停住，史密斯太太和莉兹迎了出去。男人们都胡子一大把，马车后面载着三只鹿，细细的鹿腿支棱在车厢外边。史密斯太太亲吻 D. J.，D. J. 抱住她。吉姆说了声“哈啰，莉兹”，咧开嘴笑着。

吉姆回来到底会发生什么情况，莉兹不清楚，但她心里面有数，肯定会有事情发生。什么事情也没发生。男人们回到家了，就这么回事。吉姆把盖在鹿身上的粗麻布袋揭下来，莉兹望着那几只鹿。有一只是大公鹿。它直挺挺硬邦邦的，不容易卸下车来。

“是你打到的吗，吉姆?”莉兹问。

“是的。这只鹿很漂亮是不?”吉姆将它驮起来，搬到熏制室去。

当天晚上，查理·怀曼留下来，在史密斯家吃晚饭。时间太晚了，他来不及赶回夏勒伏瓦。男人们洗过之后，待在堂屋里等晚饭上桌。

“罐子里的东西不是还有剩的吗，吉米①?”D. J. 史密斯问道。吉姆就出去了，他跑向谷仓，去取那只放在马车上的大罐子。他们几个人是带着一大罐威士忌出去狩猎的。那只罐子

---

① 吉米是吉姆的昵称。

能够装四加仑，罐底晃晃荡荡还剩不少酒。回屋的路上，吉姆咕噜噜喝了一大口。这么大一只罐子举起来喝不容易，洒出来一些威士忌，顺着他的衬衫前襟往下淌。吉姆抱着罐子进门时，那两个男人见了直笑。D. J. 史密斯叫人拿玻璃杯，莉兹把杯子拿来了。D. J. 倒了三大杯酒。

“嗯，敬你一杯，D. J. 。”查理·怀曼说。

“敬他娘的那只大公鹿。”D. J. 说。

“敬我们想念的所有人，D. J. 。”吉姆说，一杯酒灌了下去。

“男人嘛，就是觉得这个味道好。”

“一年中的这个时候，解忧消愁没有比这个更好的了。”

“再来一杯怎样，伙计们?”

“那就再来一杯，D. J. 。”

“一口干了，伙计们。”

“敬来年。”

吉姆开始觉得美滋滋起来。他喜欢威士忌的味道和口感。他很高兴又有了舒服的床和热乎的食物，很高兴又见到自己的铺子。他又喝了一杯。几个男人进屋来吃饭时心里面十分快活，却表现得很正经。莉兹摆好饭菜后在桌旁坐下，同一家人一起吃。很丰盛的一顿饭。男人们一本正经地吃着。吃完饭他们又回到堂屋里，莉兹和史密斯太太收拾桌子。然后史密斯上楼去了，隔了一小会儿，史密斯太太走出来，也上了楼。吉姆和查理仍然待在堂屋。莉兹在厨房里，坐在炉子旁边，假装看书，心里面想着吉姆。她还不想睡觉，因为她知道，待会儿吉姆会出来，她想看着他走出去，那样她就可以带着他的神态上床去。

她正使劲儿想吉姆，吉姆出来了。他眼睛放光，头发有点儿乱。莉兹低下头去看着书。吉姆走到她椅子背后，停住脚步。她感觉得到他的呼吸，然后，他的胳膊搂住了她。被他的手一按，她的乳房起了鼓胀的感觉，乳头挺立起来。莉兹吓坏了，还从来不曾有人摸过她呢。但她心里想的是："他终于来到我身边了。他真的来了。"

她僵僵地绷着身体，因为惊恐之余，她不知道还能怎么做。这时吉姆将她扳靠在椅背上，吻她。那感觉很尖利、很疼、很痛，她觉得自己快承受不住了。隔着椅子背，她感觉到吉姆就在身后，她受不了啦。这时，她身体里什么地方"咔嗒"一响，那感觉就变得比较温暖柔和了。吉姆将她扳靠在椅背上，现在她已经很想要这样了。吉姆悄声道："来，出去走走吧。"

莉兹从厨房墙壁的挂钩上取下外套，他们便出了门。吉姆一直用胳膊搂着她，走一小段路，他们就停下来，紧紧地抱在一起，吉姆还亲吻她。没有月亮，他们在沙土齐踝深的路上走着，穿过树林，向码头，向湖湾里那座仓库走去。湖水拍打着桩子，湖湾另一边的尖岬黑洞洞的。挺冷的天，但是莉兹和吉姆在一起，感到浑身发热。他们走进仓库的遮雨篷里，坐下来，吉姆将莉兹搂过去靠着自己。她感到害怕。吉姆的一只手伸进她的连衫裙里，抚摸着她的胸脯，另一只手放在她膝间。她非常害怕，不知道接下来他会做什么，可是她紧紧地依偎着他。接着，那只感觉好大的手从她膝间挪开了，放到她腿上，并且向上移动。

“不要，吉姆。”莉兹说。吉姆的手继续向上游走。

“别这样，吉姆，别这样。”吉姆和吉姆的手都不理会她。

木板很硬。吉姆掀开了她的连衫裙，正要对她做什么事。她感到害怕，但她想要。她得接受它，但它吓着她了。

“别这样，吉姆，别这样。”

“我忍不住了。我现在就想要。你知道我们一定得这样。”

“不，还没到时候，吉姆。我们不一定非要这样。哦，这样是不对的。哦，它太大了，弄得我好痛。你不能这样。哦，吉姆。吉姆。哦。”

码头仓库的铁杉木板很硬，而且粗糙冰凉。吉姆压在她身上很沉，他已经伤害了她。莉兹推他，她被挤压着很不舒服。吉姆睡着了，推他他不动。她费力地从他身子底下挣脱，坐起来，将裙子和外套拉拉直，整理着头发。吉姆微张着嘴，睡得正香。莉兹俯下身去，吻了吻他的脸颊。他依然睡得很死。她把他的脑袋托起来一点儿，摇晃着。他转过头去，咽了咽口水。莉兹哭起来。她走到码头边沿，俯望着湖水。雾气正从湖湾里升起。她觉得冷，心里面很痛苦，仿佛一切都完了。她走回到吉姆躺着的地方，再一次摇晃他，看看到底能不能把他弄醒。她哭泣着。

“吉姆，”她说，“吉姆。求你了，吉姆。”

吉姆动了动，蜷缩得更紧了。莉兹脱下外套，俯下身去，把衣服盖在他身上。她很利索、很细心地给他周身掖好。然后，她穿过码头，走上很陡的沙土路，回去睡觉。寒冷的雾气正从湖湾穿过树林追上来。

雨里的猫

住那家旅店的人里面只有两个美国人。出门或者回房间时，在楼梯上遇到的人他们全都不认识。他们的房间在二楼，面朝大海，还面对着公共花园和战争纪念碑。园子里有很大的棕榈树和绿色长椅。天气好的时候，常常可以看见一位画家坐在画架前面。画家们喜欢棕榈树长的模样，喜欢面朝公共花园和大海的那些旅店的鲜艳色彩。意大利人从很远的地方过来瞻仰战争纪念碑。那碑是青铜铸的，在雨中闪闪发亮。下雨天。雨水从棕榈树上往下滴。石子铺的路上积起了水洼。海水在雨中一条长线扑上来，滑下海滩，又一条长线扑上来，碎成无数浪花。停在战争纪念碑旁边的汽车都开走了。广场对面，一个侍者站在小餐馆门口，望着空荡荡的广场。

那位美国太太站在窗前，望着外面。就在窗下，有只猫蹲在一张滴着水的绿色桌子下边。猫缩紧身体，怕雨水滴到身上。

“我要下楼去，把那只猫咪抱上来。”美国太太说。

“我去吧。”她丈夫从床上表示说。

“不，我去。外面那只可怜的猫咪怕被雨淋到，躲在桌子底下。”

做丈夫的继续看书，脚冲床头躺着，两只枕头垫在脑袋下面。

“别淋湿了。”他说。

美国太太下楼去，经过办公室时，店主站起身来，向她躬身行礼。写字台在办公室靠里边那一头。店主是个老人，个子很高。

“Il piove①。”美国太太说。她喜欢这位店主。

“Sì，sì，Signera，brutto tempo②。很坏的天气。”

他站在靠里边的写字台后面，办公室里光线很暗。美国太太喜欢他。不论顾客抱怨什么，他总是一副洗耳恭听的态度，她喜欢他这一点。她喜欢他的高雅举止。她喜欢他乐意为她效

---

① 意大利语：下雨了。

② 意大利语：是啊，是啊，太太，坏天气。

劳的姿态。她喜欢他身为一店之主的那种感觉。她喜欢他那张上了年纪、神情滞重的脸，还有那一双大手。

她带着这喜爱打开门，向外面望去。雨更大了。一个披着胶皮短斗篷的男子正穿过空荡荡的广场，向小餐馆走去。那只猫应该就在右边什么地方。也许可以贴着墙走，从屋檐底下走过去。她正站在门口踯躅着，身后撑开了一柄雨伞。打伞的是照料他们房间的那个侍女。

“您千万别淋湿了。”她微笑着，说的是意大利语。当然，是旅店店主差遣她来的。

侍女为她撑着伞，她沿石子路走到他们房间的窗户下方。桌子在那儿，被雨水洗刷成了鲜绿色，但是猫不见了。她一下子陷入了失望之中。侍女抬起头来望着她。

“Ha perduto qualche cosa，Signera?①”

“刚才这儿有一只猫。”年轻的美国女子说。

“一只猫?”

“Si，il gatto。②”

“一只猫?”侍女笑道，“雨里的一只猫?”

“是啊，”美国太太说，“在桌子下面。”然后又加上一句：“啊，我好想要它。我想要一只猫咪。”

她说英语的时候，侍女的脸绷紧了。

“来，太太，”她说，“我们得进去了。您会淋湿的。”

---

① 意大利语：您丢了什么东西，太太?

② 意大利语：是，猫。

“你说得对。”年轻的美国女子说。

她们沿着石子路走回去，进了门。侍女在外面停了一下，把伞收起来。年轻的美国女子走过办公室时，店主在写字台后面躬身对她行礼。她心里面很不自在。店主让她觉得很不好意思，同时又觉得很受重视。有那么一瞬间，她有一种自己是个极重要的人物的感觉。她没有停步，径直走上楼去。她打开房间的门。乔治躺在床上，在看书。

“你捉到猫了吗？”他放下书，问道。

“它不见啦。”

“还真不知道它去哪儿了呢。”他说。他不看书了，让眼睛休息一下。

她在床上坐下。

“我好想要那只猫，”她说，“我不知道自己干吗那么想要它。我就是想要那只可怜的猫咪。做一只可怜的猫咪，待在外面淋雨，可不是一件好玩儿的事。”

乔治又在看书了。

她走到梳妆台前面，对着镜子坐下来，又拿起有柄的小镜子，端详着自己。她照照自己的侧面，照过一边再照照另一边。然后，又端详了一下后脑勺和后颈。

“我把头发留起来，你觉得好不好？”她问，又拿小镜子照了照自己的侧面。

乔治抬起头来，看着她的后颈，那地方的头发剪得差不多像男孩子。

“我喜欢你现在的样子。”

“可我已经很厌烦这样子了，”她说，“我很厌烦像个男孩儿。”

乔治在床上换了个姿势。从她开始说头发的事情起，他的目光一直不曾离开过她。

“你的模样好看得要命。”他说。

她把小镜子放回到梳妆台上，走到窗前望着外面。天正在黑下来。

“我想把头发扎到脑后去，扎得紧紧的，滑溜溜的，挽个大结子，我能摸得着。”她说，“我想要一只猫咪坐在我腿上，我摸摸它，它就呜呜地叫几声。”

“是吗？”乔治从床上发声道。

“我想在桌子上用自己的银餐具吃饭，我还要点上蜡烛。我想要现在是春天，想对着镜子梳头。我想要一只猫咪，还要几件新衣服。”

“哦，你还是住嘴，找本书看看吧。”乔治说。他又在看书了。

他的妻子在望着窗外。现在天已经很黑了，雨依然在打着棕榈树。

“不管怎样，我想要一只猫，”她说，“我要一只猫。现在我就想要一只猫。如果我不能留长发，不能有点儿乐子，总可以养只猫吧？”

乔治没在听。他在看他的书。他的妻子在望着窗外，广场上的灯已经亮了。

有人敲门。

“**Avanti**。[1]”乔治说。他从书上抬起头来。

门口站着那个侍女。她抱着一只挺大的玳瑁斑纹猫，那猫紧贴住她，在她身上扭来扭去。

“打扰了，”她说，“店主叫我把这只猫给太太送过来。”

① 意大利语：请进。

在异乡

秋季战事一直没有停，但我们不再上战场了。秋日的米兰①寒意颇浓，天黑得很早。华灯初上时分，沿街看看橱窗是一件赏心悦目的事。店铺外面挂着许多猎物，狐狸毛皮上落满了雪粉，它们的尾巴在风中晃荡。掏空内脏的僵直的鹿身，沉甸甸地悬着。风吹荡着小鸟串儿，它们的羽毛被吹翻了开来。这是个寒冷的秋天，风是从群山上下来的。

---

① 意大利城市，有时尚之都之称，全世界最富有诗意的城市之一。

每天下午我们全体都会去医院。在阴沉沉的天色中，有不同的路线可以穿过城区去医院。其中有两条路线是沿着运河边走，但路比较远。不过，走到医院总是要从桥上过运河的。有三座桥任你选。其中一座桥上，有一位妇人在卖烤栗子。站在她的炭火前面，暖融融的；栗子揣进口袋里，过好一会儿还是热乎乎的。医院很老旧，也很优美。进大门后走过院子，再走出对面的院子门，就到了。这里经常有葬礼，举行葬礼都是从院子里开始的。旧医院后面，是几幢新建的砖头造隔离式病房。每天下午我们就在那儿相聚，大家彬彬有礼，互相询问伤势病情，坐到会给我们大大改善病情的诊疗椅上去。

医生走到我坐着的诊疗椅近前，询问道："战前你最喜欢做什么？练什么体育运动吗？"

我说："练啊，足球。"

"好，"他说，"你还能踢足球的，会比以前踢得更好。"

我的膝盖不能弯曲，从膝盖到脚踝一条腿直僵僵的没有腿肚子。诊疗椅帮我弯曲膝盖，像骑自行车那样帮我活动腿，但是还没有帮我弯过来，诊疗装置转到弯曲部分便摇摇晃晃转不动了。医生说："不要紧，会弯过来的。你是个幸运的年轻人。你还会像个冠军似的重新踢足球。"

旁边那张诊疗椅上坐着一位少校。他的一只手像婴儿的手那么小，夹在两块皮革中间；皮子上下弹跳，拍打着他僵硬的手指。医生检查他的手时，他一边朝我挤眼睛，一边说："将来我也能踢足球吗，医生上尉？"他曾经是个了不起的剑术家，战前他是意大利最棒的剑术家。

医生回到后面屋子他的接诊室，拿来一张照片。照片显示，一只手在诊疗前萎缩得跟少校的手差不多大小，经过一个疗程后变大了一些。少校用那只好手拿着照片，仔细地看着。“是枪伤？”他问。

“工伤事故。”医生说。

“很有趣，很有趣。”少校说，把照片递还给了医生。

“现在你有信心了吧？”

“没有。”少校说。

有三个和我年龄相仿的小伙子每天来医院。他们三个全部是米兰人，一个想当律师，一个想做画家，还有一个本来就想当兵。有时，诊疗结束后，回去的路上我们会结伴同行，到斯卡拉歌剧院①隔壁的科瓦咖啡厅去坐坐。我们有四个人，所以敢抄近路，穿过共产党人聚居区。那个街区的人恨我们，因为我们是军官。我们经过的时候，一家酒店里会有人大叫：“A bassogli ufficiali!”② 有时，另外一个小伙子也跟我们一起走，一行便有了五个人。他脸上蒙着一块黑丝绸手绢，因为当时他鼻子没了，正待做面部修复。他是直接从军事学院上前线的；第一次上火线，一个钟头不到就受了伤。他们修复了他的面部，但他出身于一个非常古老的家族，要想把他的鼻子完全复原，那是办不到的。后来他去了南美，在一家银行里工作。不

---

① 古老而著名的歌剧院，第二次世界大战期间被炸毁，战后重建，成为世界上最完美的剧院之一。

② 意大利语：打倒军官。

过那是很久以前的事了，当时我们谁也不知道后来战事会如何发展。那个时候，我们只知道一直在打仗，而我们不会再上战场。

除了脸上蒙黑丝绸手绢的小伙子，我们每个人都有同样的勋章。他上前线的时间不够长，什么勋章也没得到。那种勋章我们每人有一枚，想当律师的那个脸色苍白的高个儿小伙子却有三枚。他当过敢死队队长，同死神打了很长时间的交道，有点儿超然了。我们全都有点儿超然。除了每天下午在医院相会，并没有其他任何事情将我们凝聚在一起。不过，在我们去科瓦咖啡厅的路上，穿过那一段暴戾的街区，行走在黑暗中，经过透出灯光和歌声的酒店，有时因为人行道上挤满了男男女女，不得不从他们中间挤出来，走到街上去，这种时候，我们会感到有种东西在起作用，将我们聚拢到一起。旁人，那些不喜欢我们的人，他们不懂。

而我们自己懂得科瓦咖啡厅，我们每个人都懂。它富丽、温暖，灯光不耀眼，某一段时辰里声音嘈杂烟雾缭绕，任何时间桌子旁边都有姑娘坐着，墙上的报刊架子上放着画报。科瓦咖啡厅的姑娘们很爱国，我发现，意大利最爱国的人就是咖啡厅里的姑娘。我相信，现在她们仍然很爱国。

起初，小伙子们说到我的勋章时非常谦和有礼，问我立了什么功。我给他们看授勋状，那一纸文字非常华丽，满篇 fratellanza、abnegazione 之类的字眼①，但去掉那些形容词，分明

---

① 意大利语，分别是“兄弟情谊”和“无私克制”的意思。

就是在说，我之所以获得勋章，是因为我是个美国人。从此以后，他们对我的态度起了变化，只不过相对于外人，我仍然是个朋友。我仍然是他们的一个朋友，但自从他们看过授勋状之后，我便不能真正算是他们中的一员了。因为他们经历的跟我不一样，他们是做了非常不一样的事才获得勋章的。不错，我确实负伤了，但大家都知道，说到底，我负伤其实就是个意外。不过，我从来没有觉得佩戴着勋章心中有愧，而且有时在鸡尾酒时辰过后，我会想象，他们获颁勋章所干的那些事，我自己全都干过。但是在夜深时分，空荡荡的街道上，寒风扑面，所有的商店都已熄灯关门，我尽量挨着街灯走回家去，那时，我心里知道，我决然干不出那样的事情。我非常怕死，经常在夜里一个人躺在床上的时候，害怕自己会死去，不知道如果重返前线，我会是怎样一副德行。

三个获得勋章的小伙子就像猎鹰。虽然在那些没有狩猎经验的人眼里，可能我也像是一只鹰，其实我不是。这一点，他们三位比较清楚，所以我们渐行渐远了。但是，那个第一天上前线便负伤的小伙子，我同他仍然是好朋友，因为当时他对自己将来会怎样肯定一无所知。所以，他也不可能被他们接受。我喜欢他是因为我心想，兴许他和我一样，将来不会变成一只鹰。

少校，那位了不起的剑术家，不相信人不怕死。我们坐在诊疗椅上时，他花许多时间纠正我的语法。他曾经称赞我意大利语说得好，我们聊起来毫不费力。有一天我说，我觉得意大利语很容易学会，激不起我很大的兴趣，意大利语说起来一点儿都不难。“啊，是的，”少校说，“那么，你为何不注意一下语法的使用呢?”于是我们注意起语法的使用来，一下子，意大利语成了一门很难的语言，脑子里的语法条理没弄清楚，我都不敢开口和他说话。

少校非常守规矩地上医院。我印象中他一次也没有缺席过，但他肯定是不相信那种诊疗的。有一段时间，我们谁也不相信那些诊疗椅，上校说，那完全是胡闹。当时诊疗椅刚面世，正好拿我们来试验其疗效。他说，那个主意很白痴，“理论而已，跟别的理论没什么两样。”我语法没学进去，他说我是笨蛋，丢人丢到家了，又说他自己是个傻瓜，居然为我操这个心。他是个小个子男人，笔直地坐在诊疗椅里，右手插进诊疗装置，眼睛直视着前方的墙壁，两块皮子夹着他的手指，上下拍打着。

“要是有那么一天，战争结束了，你准备做什么?”他问我，“回答时注意语法!”

“我会回美国去。”

“你结婚了吗?”

“没有，但是想结婚。”

“那你就更傻了，”他说。他好像很生气，“男人不应该结婚。”

“为什么，少校先生?”

“别叫我‘少校先生’。”

“为什么男人不应该结婚?”

“不能结婚。不能结婚。”他愤怒地说，“如果将来会失去，就不该置身于会失去那一切的位置。不该置身于会失去的位置。应该寻找不会失去的东西。”

他说这些话的时候非常愤怒和痛苦，眼睛直视前方。

“可是，为什么就一定会失去呢?”

“就是会失去。”少校说。他望着墙壁。然后他低下头去望着诊疗装置，猛地一下，将他那只小手从皮子中间抽出来，狂暴地拍着大腿。“会失去的，”他几乎是在吼叫了，“别跟我争辩!”然后他对看管诊疗椅的护理员叫道：“过来，关掉这该死的东西。”

他回到另一间诊室去做光疗和按摩。接下来我听见他向医生借用电话，关上了门。他回到我们这间诊室的时候，我已经坐在了另一张诊疗椅上。他已经披上披风，戴上了帽子。他径直走到我的诊疗椅近前，将一只胳膊搭在我肩膀上。

“真抱歉，”他说，用那只好手拍了拍我的肩膀，“我不该无礼的。我的妻子刚去世。你千万别介意。”

“哦……”我说，心里面很为他难过，“请节哀。”

他站在那儿咬着下嘴唇。“我想顺天应变，”他说，“但是太难了。”

他的目光越过我，望着窗外。然后他哭了起来。“我根本做不到顺天应变。”他哽咽着说。然后他哭出声来，仰着头，眼神茫然，像士兵那样直挺挺地立着，两腮沾满泪水，咬着嘴唇，从一张张诊疗椅旁走过，出门而去。

医生告诉我，少校的妻子很年轻，少校残废退出战场后才同她结的婚。她死于肺炎，得病后没能撑几天。没人料到她会死。少校三天没来医院。之后他又按往常的时辰来就诊了，军装袖子上戴着黑纱。他回来时，诊疗室四面墙壁上已经挂起镶着大镜框的照片，展示各种伤情在使用诊疗椅进行医治前后的对比。上校那张诊疗椅面对的墙上有三张照片，展示的是与他同样伤情的手完全康复的情形。我不知道医生是从哪儿弄来那些照片的。我一直以为，我们是使用诊疗椅的第一批人。那些照片对少校并没有起多大作用，他目不旁视，只望着窗外。